dtv

W0382105

Jenny weiß nach dem Abi nicht genau, was sie mit so viel Zukunft anfangen will. Entscheidungen stehen an, die ihr zu groß sind. Für eine Weile nach New York gehen, Zeit für sich selbst haben und etwas erleben, das klingt in dieser Lage besonders verlockend. Doch Anne, bei der Jenny in New York wohnt, ist alles andere als die flippige Hippie-Frau, von der ihr Vater geredet hat, und Queens ist nicht Manhattan. Kann man sich langweilen in der aufregendsten Stadt der Welt? Jenny ist keine, die sich unterkriegen lässt, und als sie auf einem ihrer Streifzüge Leroy kennen lernt, öffnet sich eine faszinierende Welt für sie. Leroy, Fahrradkurrier, Slam-Poet und in der Künstlerszene der Lower East Side zu Hause, zeigt ihr die Stadt auf seine Weise – und mit ihm erlebt sie ganz neu, was Liebe sein kann. Plötzlich hat die Zukunft einen anderen Horizont und Entscheidungen sind gefragt, mit denen Jenny niemals gerechnet hätte. – New York und die Slam-Szene, dazu die großen Fragen um Liebe und Freiheit sind der Hintergrund dieser spritzig-frechen, erotischen Stadtgeschichte.

Verena Carl, geboren 1969 in Freiburg i. Br., arbeitete als freie Journalistin in München und verbrachte einige Zeit in New York. Sie ist heute Redakteurin bei einer Hamburger Frauenzeitschrift. Daneben schreibt sie und ist seit Jahren in der Poetry-Slam-Szene aktiv – mit Auftritten in deutschen und Schweizer Städten sowie in den USA (New York, Chicago). Für ihre schriftstellerische Arbeit erhielt sie den Literaturförderpreis der Freien und Hansestadt Hamburg sowie den Literaturförderpreis des Landes Baden-Württemberg, und eine ihrer Erzählungen wurde beim Allegra-Literaturpreis 2001 ausgezeichnet.

Verena Carl

Lady Liberty

Roman

Deutscher Taschenbuch Verlag

Von Verena Carl ist außerdem bei dtv lieferbar:
Herzklopfen im Cyberspace, dtv pocket reader (78148)
Erzählungen von ihr sind enthalten in dem Band:
Mittendrin – berauscht von dir (20480)

Originalausgabe
November 2001
Deutscher Taschenbuch Verlag GmbH & Co. KG, München
www.dtv.de
© 2001 Deutscher Taschenbuch Verlag GmbH & Co. KG, München
Umschlagkonzept: Balk & Brumshagen
Umschlaggestaltung und Fotografie: Simone Leitenberger, Hamburg
Gesetzt aus der Perpetua 11/13,25
Gesamtherstellung: Druckerei C. H. Beck, Nördlingen
Gedruckt auf säurefreiem, chlorfrei gebleichtem Papier
Printed in Germany · ISBN 3-423-20467-2

Aus aktuellem Anlass

Wir wissen noch nicht, wie der Terroranschlag auf das World Trade Center am 11. September 2001 das Gesicht der Welt verändern wird. Wir wissen nur eines: New York wird nach diesem Tag nie wieder sein wie vorher. New York ist immer eine Stadt gewesen, die für Aufbruch und Freiheit, für multikulturelles Zusammenleben und sprichwörtlich unbegrenzte Möglichkeiten stand. Für diesen Roman, der im Herbst 2000/Frühling 2001 entstand, ist Manhattan mehr als ein Schauplatz, die Geschichte von Jenny und Leroy ist untrennbar mit der Stadt verwoben. Unversehens ist ›Lady Liberty‹ zu einem Roman geworden, der an einem Ort spielt, den es so nicht mehr gibt.

Unser tiefes Mitgefühl gilt allen, die persönlich von den Anschlägen in New York und Washington betroffen sind.

Hamburg und München, im September 2001

Verena Carl
Deutscher Taschenbuch Verlag

I

Flughöhe: 9915 Meter
Geschwindigkeit: 915 km/h
Außentemperatur: - 48° C
Uhrzeit am Zielort: 6:30
Uhrzeit am Abflugort 12:30
Verbleibende Flugzeit: 7 Stunden, 37 Minuten

Noch sieben Stunden und siebenunddreißig Minuten, dann beginnt mein Leben.

Deutschland ist so groß wie mein Daumen. Nicht viel mehr als ein Fingerabdruck auf dem Mini-Bildschirm, den ich aus meiner Armlehne geklappt habe. Eine rote Linie mit einem kleinen Flugzeugsymbol zeigt die Richtung an. Sie zeichnet einen Halbkreis von Frankfurt über Grönland und Kanada an die Ostküste der USA.

Schade, dass ich keinen Fensterplatz mehr bekommen habe und weder Gletscher noch Packeis sehen werde. Stattdessen sitze ich auf dem mittleren Platz der mittleren Reihe eines Jumbojets. 27 E – immerhin steckt eine Sieben in der 27. Das bringt Glück. Ansonsten ist der Sitz ein Katzentisch über den Wolken, weil sich keine der beiden Stewardessen mit den Getränkewagen für den Mittelplatz zuständig fühlt und ich um jede Cola kämpfen muss.

Links von mir schnarcht ein Männchen unter einer Schlafbrille.

Rechts von mir sitzt eine Frau, die so fett ist, dass sie ihr linkes Bein unter den Sessel vor mir schieben muss, weil sie sonst nicht genügend Platz hätte. Ihre Wade reibt sich an meiner, als wären wir ein Liebespaar. Sie trägt ein zeltartiges Kleid mit schwarzen Punkten, in dem sie wie ein überdimensionaler Marienkäfer aussieht. Mit einer Zeitung fächelt sie sich Luft zu und den Geruch nach Schweiß und einem süßlichen Parfüm in meine Richtung. Das wird wohl die nächsten siebeneinhalb Stunden so weitergehen.

Die Landkarte auf dem Bildschirm verschwindet, macht einem tiefblauen Hintergrund und weißer Schrift Platz. Auf Kanal drei erscheint die Fluginformation auf Englisch. *Time at destination: 6:34 a.m.* New York morgens um halb sieben, das kann ich mir vorstellen. Ich bin zwar noch nie dort gewesen, aber alle nötigen Bilder habe ich im Kopf. Szenenbilder aus Filmen, Fotos aus Zeitschriften und meinen alten Englischbüchern. Ein Saxophonspieler steht auf einer verlassenen Straßenkreuzung, Hochhausfassaden spiegeln sich in den schwarzen Gläsern seiner Sonnenbrille, er selbst spiegelt sich in einer Pfütze. Audrey Hepburn mit Perlenkette und Hochsteckfrisur trägt einem Pappbecher über die 5th Avenue spazieren. Ich ziehe meine Kopfhörer auf, stelle den Kanal *Pop on top* ein und drehe auf. Die Musik passt zu dem Film in meinem Kopf. *What about breakfast at Tiffany's?*

Ich mache die Augen zu, stelle die Lehne zurück und fühle mich frei. Zum ersten Mal in meinem Leben kann ich tun, was ich will. Niemand wird mich fragen, wann ich nach Hause komme und mit wem, ob ich schon gegessen habe und ob ich, verdammt noch mal, die Musik leiser stellen kann.

Die Marienkäferfrau tippt mich an. »Könnten Sie mal die Musik leiser stellen? Dieses Gewummer geht ja durch und durch!«

Wäre auch zu schön gewesen.

Ich kann mich immer noch nicht daran gewöhnen, dass mich Leute siezen. So lange ich denken kann, waren *die Erwachsenen* immer die anderen: Lehrer, Eltern, Freunde von Eltern. Auf einmal gehöre ich selbst zum gegnerischen Lager. Seit 14 Monaten darf ich Auto fahren, eine Firma gründen oder den Bundeskanzler wählen. Meine Freundinnen bezeichnen sich nicht mehr als *Mädchen*, sondern als *Frauen*. Es gibt auch keine *Jungs* mehr, sondern *die Männer*. Keiner dieser Begriffe passt mir. Worte wie T-Shirts, in einer Größe zu eng, in der nächsten zu weit.

An meinen Nachnamen kann ich mich auch nicht gewöhnen. Wenn jemand *Frau Ritter* ruft, drehe ich mich um und schaue, ob irgendwo meine Mutter steht. Auch so ein Wort, in das ich erst reinwachsen muss.

Ich setze die Kopfhörer ab, denn ich möchte ungern in mehreren Tausend Metern Höhe mit einer 150-Kilo-Frau streiten. Schließlich muss ich es noch ein paar Stunden neben ihr aushalten. Sie lächelt, diese Geste hat sie freundlich gestimmt. Ein strategischer Fehler, denn jetzt will sie sich unterhalten. Wahrscheinlich tut es ihr Leid, dass sie mich so angefahren hat. »So, auch auf dem Weg in den Urlaub?«, fragt sie und streckt mir die Hand zur Begrüßung entgegen. Ihre Fingerknöchel sind kleine Grübchen im Fleisch.

Ich habe darauf gewartet, dass mir jemand diese Frage stellt. »Nein«, sage ich, »ich werde eine Zeit lang dort leben.« So beiläufig, als würde ich jemandem den Weg vom Kaufhof zum Rathausplatz beschreiben. Kann sein, dass »eine Zeit lang« übertrieben ist. Es sind nur vier Wochen. Sie sieht mich mit einer Mischung aus Argwohn und Neugier an.

»Sie haben Verwandte in Amerika?«, hakt sie nach.

»Nicht direkt.«

»Und was haben Sie dann dort vor?«

Ich stelle die Lehne noch ein Stück zurück, um besser an ihr vorbeisehen zu können. »Leben«, wiederhole ich und fahre mir mit der Hand durchs Haar.

»Und Ihre Eltern zahlen das?«

Ich kann mir schon denken, was als Nächstes kommt. *Also, wenn Sie meine Tochter wären* . . . Aber sie bleibt still. Ich schließe die Augen und täusche ein Nickerchen vor. Dabei denke ich an meinen Vater. Ohne ihn säße ich nicht hier.

Zum ersten Mal haben wir im April über New York gesprochen, ein paar Wochen vor den letzten Abiklausuren. Wir saßen in einem Lokal im Schwarzwald, in das er mit mir gefahren war, weil ich es angeblich als kleines Mädchen so mochte, und an das ich mich nicht erinnern konnte. Es hieß so ähnlich wie alle anderen – *Zum Goldenen Adler, Bärenhöhle, Gasthof Kreuz* – und sah auch so aus: geblümte Vorhänge, Holztische, ein blauer Kachelofen in der Ecke. Spargelgerichte in 17 Variationen auf einem farbkopierten Extrablatt, das vorne im Kunstledereinband einer Speisekarte steckte.

Vielleicht unterhielten wir uns an diesem Abend offener, weil meine Mutter nicht dabei war. Obwohl unser Gespräch so anfing wie alle anderen, die wir in den Monaten davor zu dritt geführt hatten. Während ich ein Stück Schinken zerpflückte und die Fetzen um den Tellerrand verteilte, käute ich wieder, was mir durch den Kopf ging. Besser gesagt: das, von dem meine Eltern erwarteten, dass es mir durch den Kopf gehen müsste.

Es war die Zeit, in der alle mich fragten: »Und, was willst du werden?« Als wäre ich so eine Art Insektenlarve, die sich noch entpuppen muss. Also erzählte ich wieder von den Bewerbungsbögen der Münchner Schauspielschule, vom Tag der offenen Tür an der Uni und einer Jura-Vorlesung, bei der es um den Unterschied zwischen Geld- und Freiheitsstrafen gegangen war. Danach erwähnte ich einen Studienzweig namens *Online-Marketing*. Ich konnte mir nichts Genaues darunter vorstellen, hoffte aber meinen Vater zu beeindrucken.

»Du weißt immer noch nicht, was du willst?«, unterbrach er mich, aber seine Stimme klang nicht ungeduldig.

»Am liebsten ganz weit weg«, hörte ich mich sagen und war erstaunt, als mir die Tränen kamen. Er nahm meine Hand und zog sie über dem weißen Spitzendeckchen auf der Tischplatte zu sich.

»Jenny«, sagte er, »ich hatte neulich eine Idee. Was hältst du davon, nach dem Abi für ein paar Wochen nach New York zu fliegen?«

»Hast du denn so lange Zeit?«

Er schüttelte den Kopf und sah mich an. »Nein. Ich bleibe zu Hause.«

»Ich soll ganz allein Urlaub in New York machen?«

»Ich glaube, du brauchst ein bisschen Abstand. Abstand von Freiburg, von deiner Mutter und mir. Und vielleicht auch von Jürgen. Manchmal sieht man sein eigenes Leben klarer, wenn man einen Schritt zurücktritt. Wie ein Bild, das man erst aus der Distanz erkennen kann.«

Ich verstand nicht, wovon er redete.

»Was hat Jürgen damit zu tun?«

»Manchmal habe ich den Eindruck, dass du nicht mehr so glücklich mit ihm bist.«

Ich wollte nicht über meinen Freund reden, also wechselte ich das Thema.

»Wo soll ich denn in New York unterkommen?«

»Ich kenne jemand dort. Eine alte Freundin von mir.« So hörte ich zum ersten Mal von Anne.

»Es muss 1978 gewesen sein. Auf jeden Fall kannte ich Mami noch nicht«, erzählte er. »Anne stand vor mir in der Schlange am Check-In-Schalter im New Yorker Busbahnhof. Ich hatte gerade mein Zweites Staatsexamen gemacht, hatte noch keinen Job und fuhr sechs Wochen ziellos durch Amerika.« Er fuhr mit seinen Fingernägeln über den grün geriffelten Stiel seines Weinglases. »Anne und ich, wir waren beide auf dem Weg nach San Francisco. Sie fiel mir sofort auf mit ihren langen blonden Haaren und dem knallroten Batikrock. Ich konnte es kaum fassen, dass sie sich im Bus zu mir setzte.«

»Hattest du was mit ihr?«, fragte ich. Die Liebesgeschichten meiner Eltern, ehe sie meine Eltern wurden, haben mich immer interessiert. Eine Serie von Abenteuern und Trennungen, als hätten sie beide gewusst, dass sie nur Zeit überbrücken mussten, bis sie sich kennen lernten. Meine Eltern sind Dinosaurier, die letzten einer aussterbenden Art. Es gab Zeiten, in denen ich die Einzige in meiner Clique war, deren Eltern noch zusammenlebten.

Mein Vater grinste und strich mit den Fingern durch seine graubraunen Strähnen. »Nein, leider nicht. Obwohl ein Greyhound-Bus ein paar Tage braucht, einmal quer durchs Land, und ich mir ein paar Hoffnungen gemacht habe. Aber sie hatte etwas ganz anderes zu erzählen. Ich weiß nicht mehr alle Einzelheiten, auf jeden Fall war es eine traurige Liebesgeschichte. Ein untreuer Mann und ein übler Streit zum Schluss, bei dem er irgendwie verletzt wurde. Anne wollte eine Freundin in Kalifornien besuchen, um auf andere Gedanken zu kommen. Ich hab mich gewundert, dass sie unbedingt meine Adresse haben wollte, als wir in San Francisco ankamen. Sie sagte, es hätte ihr noch nie jemand so zugehört wie ich und wir sollten uns unbedingt schreiben. Dabei konnte ich gar nicht so viel zu ihrer Geschichte sagen, weil ich nie besonders gut in Englisch war. Im Gegensatz zu dir.«

Er drückte über den Tisch hinweg meinen Oberarm. »Ich hätte nicht gedacht, dass ich wirklich wieder von ihr höre. Amerikaner, die vergessen doch Freundschaften genauso schnell, wie sie sie schließen. Aber drei Monate später ist ein dicker Brief mit einem New Yorker Absender in meiner Studentenbude gelandet. Sie war zu einem Typ nach Queens gezogen. Ich weiß noch genau, dass ich mich gleichzeitig gefreut habe und ein bisschen beleidigt war. Immerhin dachte sie noch an mich – aber scheinbar war sie schon wieder in festen Händen. Dabei hatte ich ja gar keinen Grund, eifersüchtig zu sein.«

Er stützte seinen Kopf in die rechte Hand und lächelte versunken. »Meine alte Brieffreundin Anne. Wir haben uns nie wieder gesehen. Aber aus den Augen verloren haben wir uns auch nie. Das letzte Mal hat sie mir zu Weihnachten geschrieben, zum ersten Mal seit etwa fünf Jahren. Der Kerl in Queens, den sie irgendwann geheiratet hat, lebt schon länger nicht mehr. Aber ihr Brief klang nicht traurig. Sie führt das gemeinsame Lokal weiter, und das scheint gut zu laufen.«

»Eine Bar?«

»Eher ein Restaurant. Ein Diner. Ich könnte sie fragen, ob du bei ihr wohnen kannst. Nicht lange, nur vier oder sechs Wochen. Vielleicht hat sie ein leer stehendes Zimmer, das sie uns billig vermieten kann.«

Bei dem Wort *Diner* dachte ich an einen chromblitzenden Tresen, an Kellnerinnen in rosafarbenen Kitteln und Jungs in schwarzen Lederjacken, die aussahen wie James Dean.

Ich konnte meine Begeisterung schwer verbergen.

»Und du glaubst, wenn ich eine Zeit in New York verbringe, wird mir klarer, was ich danach machen will?«

»Nicht automatisch«, sagte er, »es liegt an dir. Ich bin dir nicht böse, wenn du zurückkommst und dich immer noch nicht entscheiden kannst. Sieh's mal so: Das ist mein Abiturgeschenk. Wenn es dich weiterbringt, umso besser.«

Als wir das Lokal verließen, drückte er mir den Autoschlüssel in die Hand.

»Aber ich bin noch nicht so oft nachts gefahren«, sagte ich.

»Macht nichts«, sagte er, »erstens musst du es irgendwann lernen. Und zweitens bin ich bei dir.«

2

»Excuse me, Miss, would you like chicken or pasta?«

Sieht so aus, als müsste ich mich schon wieder entscheiden. Dieses Mal hat mich die linke der beiden Stewardessen bemerkt. Auf dem Bildschirm vor mir läuft ein tonloser Film. Ein blonder Junge mit Schmollmund läuft durch eine Straße. Auf dem Asphalt spiegelt sich ein Neonschriftzug. Über ihm hängen Plakate. Kinowerbung. Filme im Film. Ich glaube, auch dieser Streifen spielt in New York.

»Miss, please! Chicken or pasta?«

»Pasta, please.«

Zuerst versuche ich die Coladose so aufzureißen, dass nicht die Hälfte davon in meinen Schoß spritzt. Leider vergeblich. Die Papierserviette saugt sich gierig mit brauner Flüssigkeit voll. Danach befreie ich die kühlschrankkalte Gabel aus ihrer Plastikhülle (gar nicht einfach, schließlich fuchtelt mir Frau Marienkäfer mit einem wuchtigen Unterarm vor der Brust herum), ziehe den Aluminiumdeckel von der Schale, in der ein paar traurige Canelloni liegen, und steche zu. Leider bleibt die Tomatensauce auch nicht da, wo sie hingehört. Sie landet auf dem Reißverschluss meines gestreiften Sweatshirts. Ich angle nach einem Taschentuch, während meine Sitznachbarn unter vollem Ellenbogeneinsatz das Essen bezwingen. In meiner Hosentasche steckt aber nur ein Heftchen aus festem Papier. Es ist ein Kinoprogramm.

Ich erinnere mich noch gut an den Tag, an dem ich die Hose zum letzten Mal angehabt habe, den Tag, an dem ich den Prospekt eingesteckt habe. Eine automatische Bewegung, wie man eben diesen Kram mitnimmt, der in Kinofoyers liegt: Programme, Partyflyer, Kleinanzeigenblättchen. Und ich weiß noch, dass ich erst beim Zusammenfalten daran dachte: dass ich es nicht brauchen würde. Dass das Leben in den nächsten vier Wochen ohne mich weitergehen würde.

Jürgen lachte über mich. »Sag emol, bisch du wahnsinnig?«, fragte er in seinem badischen Singsang. »New York, des isch doch geil.« Dass ich Angst hatte, in Freiburg etwas zu verpassen, konnte er überhaupt nicht verstehen.

Wir verließen das Kino, liefen über den Münsterplatz in Richtung Kaiser-Joseph-Straße und plötzlich fühlte ich mich wie eine Durchreisende in meiner eigenen Stadt. Das Kopfsteinpflaster, die verrammelten Marktstände mit ihren gestreiften Markisen, die Arkaden der Häuser, die Wasserspeier über den gotischen Spitzbögen, das alles wirkte wie eine Kulisse. Es hätte mich nicht gewundert, wenn alle in ihrer Bewegung erstarrt wären: Die unhöfliche italienische Kellnerin im Eiscafé, die japanischen Touristinnen, die bei jedem Schritt mit ihren bleistiftdünnen Absätzen zwischen den mittelalterlichen Pflastersteinen hängen blieben, sogar Jürgen neben mir.

Ich dachte an Straßenschluchten und gelbe Taxis, an Gitarrenspieler im Central Park und die Freiheitsstatue. In neun Tagen würde mein Leben beginnen.

»Es ist alles schon so unwirklich hier«, sagte ich laut.

Jürgen biss sich schief auf die Unterlippe, was er immer tut, wenn er unsicher wird oder nach einer Antwort sucht. Schließlich zuckte er mit den Schultern.

Mein Freund ist nicht so gesprächig. Er hat andere Qualitäten.

Sein wichtigstes Lebensziel ist es, alle Mixe seiner Lieblings-DJs auf Platte zu besitzen und nach seltenen 45er Singles aus den siebziger Jahren zu fahnden. Vor ein paar Monaten hat er Christoph kennen gelernt, der in einem Plattenladen in Kirchzarten arbeitet, und seitdem suchen die beiden zusammen auf Flohmärkten und im Internet nach Raritäten. Aber obwohl Jürgen zur Vinyl-Fraktion gehört, brennt er CDs für mich. Gestern Abend hat er mir sogar ein ganz altmodisches, selbst gemixtes Tape geschenkt, falls ich in New York keinen CD-Player habe, das lag ihm wirklich am Herzen.

»Er ist ein Netter«, sagt meine Mutter über ihn. Das klingt fast abschätzig, dabei ist es die reine Wahrheit. Seit 17 Monaten hat Jürgen nie unseren Jubiläumstag vergessen. Er zahlt sogar meine Kinokarten und meine Getränke, seitdem er mit seiner Lehre bei einer Versicherung angefangen hat. Außerdem schreibt er mir nicht vor, was ich zu tun habe. Nie. Sogar wenn er mich nicht versteht.

»Brauchen Sie das?« Zwischen zwei Fingern mit langen, zartrosa lackierten Nägeln hält meine Sitznachbarin ein Tempo. Vielleicht habe ich ihr Unrecht getan. Der rote Fleck klebt auf mir wie Blut und wird größer, je mehr ich reibe.

Der Teppich in der Empfangshalle des Flughafens kommt mir bekannt vor. Er ist grün und grau, mit harten Borsten, aber ich komme nicht darauf, wo ich so einen schon mal gesehen habe. Mehr als genug Zeit zum Nachdenken habe ich. Ich warte zwischen Seilen, die von einem braunen Metallpflock zum nächsten gespannt sind, dass mir der Beamte an der Passkontrolle seinen Stempel auf die hellgrüne Einreisekarte gibt. Dazu zeichne ich mit der Spitze meines Turnschuhs Muster auf den Teppich und versuche anzukommen.

Das hier ist New Yorker Boden. Aber das scheint mir genauso unwirklich wie die Länder, die ich gerade überflogen habe. Wie Kanada und Grönland, 10 000 Meter unter mir, während ich mit Tomatenflecken kämpfte.

»Miss! Next please!«

Ein älterer Schwarzer in Uniform winkt mich an den Schalter. Ich werfe dem Beamten lässig meinen Pass, meine Einreisekarte und meine Zollerklärung hin. Ich lächle. Er lächelt nicht zurück und sagt etwas, das ich nicht verstehe. Ich spüre, wie meine Lippen einfrieren. Etwas stimmt nicht.

Er wiederholt: »Warum schmeißen Sie mir Ihren Pass so hin?«

»Sorry«, höre ich mich sagen, ein paar Töne höher als normalerweise. Er grunzt etwas, nestelt am Knopf seines Jackenärmels und studiert dann meine Einreisekarte. Zwischen seinen Augenbrauen bildet sich eine steile Falte. »Was ist das für eine Adresse?« Wieder verstehe ich nicht, was er meint. Was ist mit Annes Anschrift nicht in Ordnung?

»It is the flat I am going to live in«, versuche ich, während mir einfällt, dass *Wohnung* in den USA nicht *flat*, sondern *apartment* heißt.

»What kind of place is that?« Ich versuche ihm zu erklären, wer Anne ist. Das reicht ihm nicht. Warum ich vier Wochen in New York Urlaub machen würde, will er wissen. Ob ich eine Kreditkarte habe. Ich werde nervös. Was nützt es mir, dass ich mal 14 Punkte für einen Essay über Arthur Miller bekommen habe, wenn ich mich kaum mit einem Beamten an der Passkontrolle verständigen kann?

»Do you have any cash, Miss?« Das Blut steigt mir zu Kopf. Hektisch taste ich nach dem Bündel in meiner Innentasche. Seit Frankfurt trage ich es direkt am Körper, da ist das Geld am sichersten. Als ich danach greife, zittern meine Finger so stark,

dass ich alles fallen lasse. 2000 Mark in großen Scheinen landen auf dem Teppichboden vor dem Schalter. Jetzt fällt mir auch ein, warum mir das Muster so bekannt vorkommt. Es ist das gleiche wie im Büro des Schuldirektors. Ein Teppich wie gemacht für Verhöre.

Als ich mit dem Geldbündel wieder auftauche, deutet der Beamte ein Lächeln an. Vielleicht zuckt sein Mundwinkel auch nur nervös. Ich will gerade anfangen ihm wie am Bankschalter die Hunderter vorzuzählen, da winkt er ab, als würde er mit zwei Fingern eine Fliege verjagen. Dann greift er nach einem Stempel und setzt ihn sorgfältig auf dem grünen Papier auf. *Admitted till September 7th*. *»Okay, you can go now«*, seufzt er und nickt in Richtung eines braunen Schildes mit einem Koffer und der Aufschrift *Baggage Claim*.

Ich stolpere geradeaus. Vor der Rolltreppe schaut mich plötzlich die Freiheitsstatue an. Sie ist zehn Zentimeter kleiner als ich, quietschgrün, und reckt mir statt ihrer Fackel ein Reklameschild für eine Autovermietung entgegen. *Free Bonus Miles!* steht in großen Buchstaben darauf.

Ich warte auf ein Gefühl. Jetzt bin ich frei, jetzt kann das Leben losgehen. Aber ich spüre nichts davon, stehe eingeklemmt zwischen Männern mit Anzug, Laptops und Aktenkoffern, zuerst auf der Rolltreppe, dann am Gepäckband. Doch als ich mich umdrehe, liegt auf einmal Manhattan vor mir.

Zuerst denke ich, es sei eine Fototapete vom Boden bis zur Decke der Flughafenhalle: die Landzunge mit der Skyline, wie sie auf Hunderten von Bildern zu sehen ist. Ich kann das World Trade Center erkennen, das Chrysler Building in der Ferne, Millionen von Fenstern, die die Mittagssonne reflektieren. Ich gehe näher an das Glas. Es ist keine Tapete. Hinter der Fensterfront liegt es wirklich: New York. Glänzend wie ein Schmuckstück in einer riesigen Vitrine. Jetzt kann ich den Kontrollbeamten besser verstehen. Er bewacht etwas Wertvolles und darf keine Diebe ins Land lassen.

Während ich meinen Rollkoffer hinter mir herziehe wie einen störrischen Hund an der Leine, sehe ich mich um. Ich brauche einen Moment, um Anne zu finden. Ich weiß nur, dass sie klein und blond sein muss, und halte Ausschau nach einem langen Kleid oder einem gebatikten Rock. Sie ist im Vorteil, schließlich hat sie Fotos von mir gesehen. Trotzdem halte ich es für eine Verwechslung, als diese Frau auf mich zukommt, mir eine Hand hinstreckt, die trotz der Hitze kühl ist.

Sie ist tatsächlich klein, aber sie hat nichts mit der Hippiefrau gemein, die ich erwartet habe. Im Gegenteil, sie erinnert mich an eine Blockflötenlehrerin. Jeans mit geflochtenem Ledergürtel, Baumwollstrickjacke, Schuhe mit flachen Absätzen. Ihre Haare, Farbton Straßenköter, sind mit Spray einbetoniert. Zwischen Oberlippe und Nase haben sich tiefe Furchen eingegraben. Die Haut sieht aus wie ein Stück Stoff, an dem eine unbegabte Zehnjährige Stiche mit dem Zwirnfaden geübt und wütend daran gezogen hat.

Während wir gemeinsam meinen Koffer durch eine gläserne Drehtür wuchten, redet sie auf mich ein. »Es ist reizend, dich kennen zu lernen. Dein Dad hat mir schon eine Menge von dir erzählt!« Am Ende des Satzes zieht sie ihre Stimme in die Höhe, als könnte sie sich nicht entscheiden, ob sie weitersprechen will.

Vor der Tür umnebelt mich Luft wie aus einer Waschküche. Das Außenthermometer muss kaputt sein: 95 Grad? Dann fällt mir ein, dass die Temperatur in Fahrenheit gemessen wird.

»Es ist so warm für Juni!«, ruft Anne übertrieben aus, wobei sie das *so* sekundenlang dehnt. *»Normally, it's never that sultry* *before July!«* Sie steuert auf einen roten Kleinwagen zu. Ich hätte etwas anderes erwartet. Einen alten Käfer voller Schreibschrift-graffiti. *Make love, not war.*

Während wir vom Parkplatz auf eine Schnellstraße einbiegen, macht Anne immer noch Smalltalk. Immerhin kann ich sie verstehen. Anders als den unfreundlichen Passkontrolleur. Sie redet weiter über das Wetter (*sultry* muss *schwül* heißen), über Jetlag und dass ich meinem Vater ähnlich sehe.

Objects in the mirror are closer than they appear steht auf einem Aufkleber in der oberen Ecke des Außenspiegels. Vor dem Fenster fliegen grüne Autobahnschilder mit der Aufschrift *Jersey Turnpike* und *Manhattan* vorbei. Rechts und links der Straße sieht es aus wie in einem Öko-Katastrophenfilm: verrostete Fabrikanlagen, sumpfige Wiesen in ungesunden Farben, verfallene Häuser. Nur in der Ferne glitzert es – Wasser, Fenster – und kommt langsam näher.

Schließlich tauchen wir in einen Tunnel, vor uns stinkt ein beigefarbener Lastwagen. Nach ein paar Minuten kommen wir zurück an die Oberfläche. *»Is this Manhattan?«*, frage ich.

Anne zieht die Lippen auseinander, so dass sie noch schmaler werden. Das soll wohl ein Lächeln sein. »Wie hast du das denn geraten?«

Ich sehe aus dem Fenster und muss grinsen. Wir sind eingekeilt zwischen gelben Taxis und einem blauweiß gestreiften Bus, rechts und links von uns erheben sich Fassaden in allen Schattierungen von Braun und Grau. Wie eine Stehparty, auf der alle Gesellschaftsdamen beschlossen haben Backstein zu tragen. Zwei Mädchen halten sich an den Händen und rennen über eine Ampel. *Don't walk!* blinkt eine orangefarbene Schrift. Gerade haben sich meine Augen an die Höhe, die Geschwindigkeit um uns herum gewöhnt, da tauchen wir schon wieder durch einen Tunnel.

»Über uns ist der East River«, erklärt Anne, »am anderen Ufer beginnt Queens, wo ich wohne.«

In Queens sieht es ähnlich aus wie in New Jersey, wo der Flughafen Newark liegt. Rechts und links ist die Schnellstraße von Lärmschutzwällen eingekeilt, dahinter ducken sich pastellfarbene Holzhäuser. *Hillside Avenue / Jamaica Avenue* steht auf einem Wegweiser, das erinnert mich an ein Lied, das genau mit diesen Worten beginnt, ein Lied im Reggae-Rythmus, ein Lied von der ersten Platte, die Jürgen mir geschenkt hat. Es muss Glück bringen, es muss einfach.

Ich kann es nicht erwarten, den Ort zu sehen, an dem ich die nächsten vier Wochen verbringen werde, ich will, dass wir endlich da sind. Und ich will es gleichzeitig nicht, denn hier gefällt es mir gar nicht: festungsartige Reihenhäuser aus Backstein, schmutzige Straßen, Läden mit handgeschriebenen Schildern im Schaufenster, auf denen Sonderangebote angepriesen werden. Je länger die Fahrt dauert, desto größer die Chance, dass hinter der nächsten Straßenecke alles anders wird.

»Da sind wir«, sagt Anne.

Sie parkt ihr Auto, stellt den Automatik-Hebel auf »P« und zieht den Schlüssel ab. Einen Moment lang hoffe ich wider besseres Wissen, dass sie nur noch etwas besorgen oder abgeben muss. Das hier kann es einfach nicht sein. Klar, ich habe was anderes gewollt als mein Zimmer mit den hellblauen Vorhängen und der grünen Cordsamt-Tagesdecke, die meine Mutter jeden Tag auf mein Bett wirft, obwohl ich das spießig finde. Aber doch nicht so was.

Anne's Family Diner steht auf der Markise über dem schmuddeligen Glasfenster im Erdgeschoss. Die Buchstaben leuchten babyrosa. Ein Mülleimer aus grobem grünen Drahtgeflecht lehnt wie betrunken neben der Tür an der Ziegelmauer. Auf einem Balkongitter im dritten Stock fristen ein paar Blumen in Steinkästen ihr Leben. Nur eine Feuerleiter an der Fassade erinnert mich daran, dass ich in New York bin.

Anne steigt aus dem Auto, öffnet die Tür des Restaurants und macht eine einladende Handbewegung. Ich tu so, als würde ich sie gar nicht sehen, und beschäftige mich mit meinem Koffer. Mache die Schnallen etwas enger und reibe mit dem Mittelfinger an einem kaum sichtbaren Fleck auf dem Adressetikett. So lange brauche ich, um meine Tränen zurückzudrängen.

Anne scheint meine Enttäuschung nicht zu bemerken. Ich bin eben eine gute Schauspielerin. Nach der Szene eben hätte mich jeder Theaterintendant vom Fleck weg engagiert. Schade, dass ich immer nur gut bin, wenn niemand hinschaut. »Komm rein«, sagt sie, »hast du Hunger?«

Ich wuchte meinen Koffer durch die Schwingtür und sehe mich um. Links stehen zwei rosa Tische, darauf braune Plastiktabletts voller Müll: Styroporschachteln mit halb aufgegessenen Sandwiches, Evian-Flaschen mit Strohhalmen, an denen Lippenstift klebt, ein paar kalte Pommes. Rechts von der Tür sitzen zwei alte Frauen und säbeln mit Plastikbesteck an Hamburgern herum. Die Theke ist tatsächlich aus Chrom, so wie ich es mir in einem Diner vorgestellt habe, aber sie wirkt stumpf.

Nein, Hunger habe ich keinen mehr. »Kann ich mein Zimmer sehen?«, frage ich, als wäre ich in einem Hotel. Anne schlägt sich mit einer übertriebenen Geste an die Stirn. »Ich hab ganz vergessen, was für eine lange Reise du hinter dir hast! Du musst so müde sein!« *You must be soooo tired.* »Möchtest du dir was zu trinken mitnehmen?« Sie deutet auf eine Batterie von Fläschchen mit giftig aussehendem Inhalt in dem gläsernen Kühlschrank neben der Theke. Zwischen Kiwi-Stachelbeersaft und Diät-Zitronentee finde ich eine Cola light, greife danach und folge Anne durch eine Hintertür in einen schwach beleuchteten Korridor.

Es riecht es nach Frittierfett und fauligem Obst. Der Hausflur erinnert mich an einen Uralt-Schlager von Udo Jürgens. Wir haben ihn auf meiner Abschiedsparty so lange gespielt, bis meine Mutter kam, sich ein Glas Wein eingoss und drohte den CD-Player samt CD in den Sondermüll zu stecken. »Ich war noch niemals in New York«, beginnt der Refrain. In der ersten Strophe überlegt ein Mann vor der Samstagabend-Fernsehshow einfach abzuhauen, weil das Treppenhaus so übel riecht. »Nach Bohnerwachs und Spießigkeit.« Ich mag die Textzeile. Ob er geahnt hat, dass New Yorker Flure das Gleiche ausschwitzen? Enge, Alltag, Bratkartoffeln?

Ich folge Anne in den Lift. An der Wand hängt ein Inspektionszettel in einem Holzrahmen. Zuletzt ist das Gebäude vor 11 Monaten kontrolliert worden. Im zweiten Stock öffnet sich die Tür. Anne tritt auf den Korridor und steckt ihren Schlüssel in die Mitte eines grün lackierten Türknaufs. »Es ist vielleicht nicht das Hilton«, sagt sie, »und ich hoffe, meine Unordnung stört dich nicht. Aber ich glaube, du kannst es dir hier schon gemütlich machen. Fühl dich einfach wie zu Hause.«

Blöde Floskeln, denke ich, wahrscheinlich haben die Sofakissen einen Knick in der Mitte und die Kaffeemaschine steht genau im rechten Winkel zur Brotschneidemaschine. Aber die Wohnung ist tatsächlich nicht besonders aufgeräumt. In der Diele riecht es säuerlich und an der Wand neben dem Eingang sind kniehoch alte Zeitungen gestapelt. Das Zimmer, in dem ich die nächsten 30 Nächte verbringen werde, ist nicht unordentlich, es ist nur dunkel. Ein winziges Fenster führt auf einen Lichtschacht hinaus. Verirrte Sonnenstrahlen fallen auf das Bett mit der schmutzigweißen Tagesdecke und den bestickten Kissen. Ich stelle meinen Koffer ab, setze mich und wippe ein bisschen auf der Matratze auf und ab.

»Bis nachher«, sagt Anne und geht zur Tür, »melde dich einfach, wenn du ausgeschlafen bist.«

Ich lasse mich rückwärts fallen und starre an die Decke. Die weiße Lampe hat von innen schwarze Flecken wie von Fliegenleichen. Das Bett riecht, als hätten die Decken in einem feuchten Keller auf der Leine gehangen.

Ich habe mir nie überlegt, was ich tun würde, wenn ich in New York ankomme. Ich bin davon ausgegangen, mein Leben würde beginnen, wenn ich meinen Fuß ins Flughafengebäude setze. Ein Film voller Abenteuer. Action. Spannung. In der Hauptrolle: Jenny. Jetzt fällt mir nichts Besseres ein, als meinen Koffer zu öffnen und mechanisch Kleiderstapel in einen Wandschrank zu schichten. Das dauert ungefähr acht Minuten. Dann habe ich nichts mehr zu tun.

Immer wenn ich nicht weiterweiß, werde ich müde. Ich stelle mir vor, Jürgen wäre da, hätte den Arm von hinten um mich geschlungen, einen Finger in meinem Nabel. Wie er es früher gemacht hat. Während ich nachrechne, wann dieses »Früher« aufgehört hat, fallen mir die Augen zu.

Es ist kurz nach sieben Uhr abends, als ich wieder im Gastraum ankomme. In Deutschland schlafen jetzt alle. Das Lokal ist leer. Die Müllberge sind verschwunden. Ein Mädchen in Jeans und einer engen grünen Bluse sitzt am Tisch und beugt sich über die Resopalplatte. Rot gefärbte Haare hängen ihr wie ein Vorhang ins Gesicht. Sie ist konzentriert dabei, künstliche Fingernägel auf ihre eigenen zu kleben. Mindestens fünf Zentimeter lang, schwarz mit silbernen Streifen. Ich schaue ihr über die Schulter und sie dreht sich um. »*How may I help you?*«, fragt sie und lächelt. Auch ihre schweren Ohrringe sind schwarz und silbern. Ich wundere mich über die Frage. Bei was soll sie mir denn helfen?

»Ich suche Anne«, sage ich, »Anne Koslowsky.«

»Oh, dann musst du Jenny sein? Aus Europa? Ich heiße Concepción, aber meine Freunde nennen mich Connie.«

Jenny aus Europa. So hat mich noch nie jemand begrüßt. Länder, Städte und Stadtteile schrumpfen auf mikroskopische Größe, wenn man sie von so weit weg betrachtet. Wenn mich in Freiburg jemand fragt, wo ich wohne, sage ich, ich bin aus der Wiehre. Wenn mich in Stuttgart jemand fragt, antworte ich *Freiburg*. Schon in Spanien reicht das Wort *Deutschland*. Für Connie aus Queens bin ich *die Europäerin*.

Sie drückt den letzten Nagel in Form, steht mit gespreizten Fingern auf und hält mich an beiden Ellenbogen fest. Dabei drückt sie mir erst links, dann rechts einen Kuss auf die Wange.

»Du arbeitest hier?«, frage ich.

»Ja, aber nur vorübergehend. Kohle machen. Im Herbst will ich auf die *Academy of Performing Arts*, und das wird teuer.«

»Singen? Tanzen?«

»Beides.«

»Das ist ja witzig«, sage ich. »Ich will vielleicht auch zum Theater. Als Schauspielerin.«

»Ans Theater? Sein, Nichtsein und so?« Sie mustert mich und wiegt zweifelnd den Kopf. »So was gucken sich doch nur alte Säcke an. Nee, da weiß ich was Besseres.«

Sie wirft sich in Pose und stimmt einen Refrain an. *»Let's get loud.«* Hört sich nicht übel an. Mitten im Takt hält sie inne, wischt sich einen Rest Spülmittelschaum von der rechten Manschette am Oberschenkel ab. Dann sieht sie mich erschrocken an.

»Was ich eben gesagt hab – also, nimm das nicht persönlich. Vielleicht ist das bei euch in Deutschland anders, vielleicht ist Theater da ja viel cooler.«

Ich winke ab. »Kein Problem, es muss ja nicht jeder das

Gleiche mögen.« Ich werde doch jetzt nicht so blöd sein und es mir mit dem ersten Mädchen verderben, das ich in New York kennen lerne.

Connie zeigt grinsend die Zähne und beginnt in einer Tasche zu kramen, die auf dem Tresen liegt. Unterhalb des Reißverschlusses steht in großen Buchstaben *Manhattan Partage*. Ich frage mich, ob sich Taschen verkaufen würden, auf denen *Freiburg* steht. Oder nur die Namen von Stadtteilen. *Littenweiler – die Handtasche, Landwasser – die Aktentasche.* Ich schätze, nur New Yorker finden es cool, den Namen der eigenen Stadt spazieren zu tragen.

»Feierabend. Ich geh noch eine rauchen, kommst du mit raus?«

»Darfst du das hier drin nicht?«

»*Madre de dios*«, lacht sie, »dann stimmt das wohl wirklich? In Europa darf man überall? Sogar in Restaurants!«

»Hier nicht?«

»*It's against the law*«, brummt sie mit Bassstimme und gibt der Schwingtür einen Schubs. »Aber es hat auch was Gutes«, sagt sie, während sie nach einer Zigarette fischt und danach mir das Päckchen hinhält. »Beim Rauchen lernt man tolle Leute kennen, weil alle sich auf der Straße treffen. Ich hab im Frühjahr einen Job als Sekretärin in Manhattan gehabt. In einem Büroturm mit 23 Stockwerken. Am zweiten Tag in der Mittagspause kommt 'n Typ auf mich zu und bittet mich um Feuer. So ein geschniegelter, mit Maßanzug und Gucciparfüm hinter den Ohren. Und dann stellt sich raus, der ist der Chef von 'ner Werbeagentur. Drei Tage später führt er mich zum Abendessen aus. In so 'n Restaurant mit Stoffservietten und Silberbesteck. Wahnsinnsmann. Leider verheiratet.« Sie lacht, legt dabei den Kopf schief und zieht die Nase kraus.

Eine halbe Stunde und drei Zigaretten später weiß ich alles über Connie. Dass ihre Großmutter auf einer Farm in Puerto Rico geboren wurde. Dass Connies Verlobter Antonio ein bisschen langweilig ist, aber einen guten Job hat. Außerdem weiß ich jetzt alles über meine Namensschwester. Jennifer Lopez.

Natürlich kenne ich die Sängerin von *Let's get loud* noch aus meiner *Bravo*-Phase vor drei Jahren: Hispano-Mädchen aus der Bronx, kommt aus dem Nichts und ist plötzlich eine der gefragtesten Sängerinnen und Schauspielerinnen der Welt. »Und sie hat das ganz allein geschafft!«, betont Connie, »ohne Vater mit fetter Kohle oder dass sie mit dem Produzenten ins Bett gestiegen wär. Einfach, weil sie ehrgeizig war und unbedingt ganz nach oben wollte!«

Wir stehen nebeneinander an der Hauswand und blasen blaue Ringe in den Himmel. Ich rauche ganz selten, aber ich möchte auf keinen Fall, dass Connie mich langweilig findet. Es ist noch immer heiß draußen. Das Filterpapier klebt bei jedem Zug an den Lippen fest.

Alle zehn Minuten kontrolliert Connie ihr Make-up in einem hellblauen Taschenspiegel. Dabei hört sie weder auf zu rauchen noch zu reden. An ein paar Stellen bin ich nicht sicher, ob sie Englisch oder Spanisch spricht, aber es ist so viel, dass ich den Zusammenhang zum Schluss mitbekomme. Ihre Worte kreisen in einer Endlosschleife um die Akademie, darum, dass sie einen Agenten braucht. Sie glaubt fest daran, dass ihre Videoclips eines Tages auf MTV laufen werden. Und dass sie in einem Haus auf der Upper East Side in Manhattan leben wird mit einem Portier im roten Frack und Schirmmütze am Empfang. Oder in einer Villa in Beverly Hills, auf deren goldenem Klingelschild kein Name steht. Weil sonst die Fans Tag und Nacht vor ihrer Tür lauern.

Ich behalte meine Zweifel für mich. Schließlich brauche ich

dringend eine Freundin. Eine, die mir die Stadt und die coolen Plätze zeigt. Ich brauche dringend sofort eine Freundin, denn wenn ich morgen mit meinen Eltern telefoniere, will ich mich nicht anhören, als wäre ich wieder acht Jahre alt.

Meine ersten Ferien ohne sie, im Zeltlager, waren ein Desaster. Am zweiten Abend rief ich zu Hause an und heulte, weil am Schlafsack ein Kaugummi klebte und die Gruppenleiterin Wurstbrote auf meiner Luftmatratze geschmiert hatte, obwohl ich Wurst noch nie ausstehen konnte. Abends um elf stand mein Vater vor der Tür, um mich abzuholen. Das habe ich ihm nie vergessen.

»Wenn du mal ausgehst«, unterbreche ich Connie, »würdest du mich mitnehmen?«

Sie spitzt die Lippen und haucht einen blauen Faden aus. »In drei Tagen ist Freitag. Kannst du Salsa tanzen?«

3

Mit Connie eine Tasse Spülwasserkaffee in der Küche trinken: 15 Minuten. *Im pakistanischen Laden nebenan Plastiktaschen durchwühlen*: 10 Minuten. *In* Time Out *nachlesen, welche tollen Konzerte heute Abend sein könnten, wenn man nur einen hätte, der mit einem hinginge*: 5 Minuten.

Die Zeit kommt nicht vom Fleck. Der Sekundenzeiger der Wanduhr quält sich im Kreis. Sogar das Fernsehprogramm und die Werbeclips mit glücklichen Familien beim Rasenmähen und Pizzabestellen kann ich schon auswendig. Seit drei Tagen bin ich in New York und ich habe mich lange nicht mehr so gelangweilt.

Vielleicht war die Idee meines Vaters doch nicht so gut. Vielleicht hätte ich mich lieber nach einem Sprachkurs umschauen sollen, einem Sommerferienprogramm an einer New Yorker Uni. Oder wer weiß, vielleicht gibt es sogar Schauspielseminare für Ausländer. Auf jeden Fall etwas, das mich den Tag über beschäftigt, etwas, wobei ich andere Leute kennen lernen kann. Wenn es nicht wenigstens Connie gäbe, ich wäre verloren.

Anne gibt sich große Mühe. Jederzeit kann ich ihr Telefon benutzen, meine Eltern oder Jürgen anrufen und mich in der Kühlkammer des Diners bedienen, wenn ich Hunger habe. Gestern hat sie sich den Nachmittag frei genommen und hat mir das *Museum of Modern Art* in Manhattan gezeigt. Vor einem Bild in Gelb, Rot und Blau blieb sie stehen. »Schau mal, ist das nicht toll?

Das heißt *Broadway Boogie Woogie*. Ein Bild wie ein Musikstück.« Mich erinnerte das Gemälde bloß an Mengenlehre. Bunte Kästchen, die wir in der Grundschule in unsere Mathe-Hefte zeichnen mussten. Aber Anne sah mich so erwartungsvoll an, dass ich etwas Zustimmendes murmelte. Andere Bilder gefielen mir besser. Vor allem eines mit menschenleeren Arkaden, langen Schatten, einem Zug mit Dampflokomotive in der Ferne. Ich dachte, das ist ein bisschen so wie von zu Hause weggehen: spätnachmittags einen Zug nehmen, der aus dem Rahmen herausfährt. Als ich etwas in der Art zu Anne sagte, war sie ganz begeistert. »Schreibst du Gedichte? Solltest du unbedingt tun! Zu Hause habe ich einen Band mit Texten über New York, den leihe ich dir mal aus.« Dabei fiel mir ein, dass ich tatsächlich am ersten Abend in New York zwei Zeilen in mein Notizbuch notiert hatte, die klangen wie der Anfang eines Gedichtes. *Wenn du mich willst / trag Backstein, und nichts drunter.*

Manchmal finde ich Anne fast nett, auch wenn ich eigentlich keine Lust dazu habe. Meistens geht sie mir auf die Nerven. Sie sieht es auch nicht gern, wenn ich tagsüber alleine auf Entdeckungstour gehe. Immer will sie genau wissen, wo ich bin, wann ich wiederkomme, bietet mir an mich zu begleiten. Richtig glücklich bin ich auf meinen Solostreifzügen aber auch nicht.

Es ist nicht die Stadt, die mich enttäuscht, im Gegenteil: Hochhäuser in allen erdenklichen Erdfarben, die wie große Tiere um baumbestandene Plätze kauern, dampfende Fontänen aus den Gullys, Filmplakate von der Größe einer Zwei-Zimmer-Wohnung: Das echte Manhattan ist noch viel besser als das im Kino. Fast bin ich erstaunt, dass sich echte Menschen in den Kulissen bewegen. Asiatinnen in Turnschuhen und Kostümröcken, die Pappbecher mit Kaffee spazieren tragen. Eine Truppe von Schwarzen, die Gospels in der U-Bahn singen. Und eine junge Frau mit glatten Haaren und einer großen, runden Brille, die mich in der Station *Franklin Street* anspricht und zu einem Gottesdienst einlädt. Als ich ablehne, drückt sie mir ein Faltblättchen in die Hand. *Fit for paradise: Ten questions about Jesus.*

Nein, ich bin nicht von New York enttäuscht, eher von mir selbst. Vor allem hätte ich nicht gedacht, dass mich jeder als Touristin enttarnt. Aber kaum falte ich meinen Stadtplan auf, stehen freundliche ältere Herren oder Frauen mit Einkaufstüten hinter mir und fragen mich, wo ich hinmöchte. Als Gegenleistung muss ich ihnen erzählen, wo ich herkomme. Manche kennen Freiburg sogar. *(»Oh, in the Black Forest, isn't that the part of Germany where cuckoo clocks come from?«)* Anderen fällt zu Süddeutschland nur München ein. *(»Oh, the Oktoberfest!«)* Weil ich weder über Kuckucksuhren noch über Maßkrüge reden möchte, habe ich mir angewöhnt, mich zum Stadtplanlesen in Hauseingänge zu verdrücken. Dabei muss man nur manchmal aufpassen, dass man nicht einem Bettler auf die Füße tritt, der einem für einen Dollar ebenfalls den Weg erklären möchte.

Am Freitagmorgen habe ich zum ersten Mal ein Erfolgserlebnis. Drei Asiaten mit Baseballkappen und Polyesterjacken sprechen mich im Battery Park an, auf dem Weg zu den Anlegestellen der Fähren, die zur Freiheitsstatue und nach Ellis Island fahren. *»Excuse, Miss, where is subway?«* Ich deute hinter mich und erkläre ihnen, dass sie die Treppe mit den grünen Kugeln auf den Pfeilern davor nehmen müssen. Als ich mich weiter durch die Menschenmenge zum Ufer dränge, hoffe ich inständig, dass sie mich für eine Einheimische gehalten haben.

Nach einer halben Stunde stehe ich endlich draußen an der Reling des Ausflugsschiffes nach Liberty Island. Die Freiheitsstatue ist nicht besonders groß. Von hier aus wirkt sie beinahe winzig. Verloren steht sie auf ihrem Sockel und streckt ihre Fackel in die Luft. Das Meer um sie herum sieht aus wie flüssiger Beton. Die Stadt brütet unter tief hängenden Wolken, als denke sie über etwas nach.

Ich blicke zwischen der Südspitze Manhattans und dem Ozean hin und her und stelle mir vor, wie es für die Auswanderer gewesen sein muss, wenn sie hier ankamen. Übernächtigt müssen sie gewesen sein, hungrig und immun gegen ihren eigenen Schweißgeruch. Ob es ein erhebendes Gefühl war, von der Freiheitsstatue begrüßt zu werden? Oder ob manche von ihnen so wenig fühlten wie ich beim Anblick der Plastikkopie am Flughafen von Newark?

Ich frage mich, wie es Passagieren ging, die wieder umkehren mussten. Soll ja passiert sein: Dass jemand schon auf einem Holzstuhl in dem rosafarbenen Gebäude auf dem Inselchen Ellis Island saß, an dem unser Schiff gerade vorbeifährt, schon die Häuser von Manhattan erkennen konnte, schon sein neues Leben vor sich sah, seinen eigenen Gemüseladen, seine eigene Schneiderei. Von was auch immer diese Leute träumten. Dass jemand aus seinen Träumen geweckt und im letzten Moment zurückgewiesen wurde.

»Du hustest, willst du die Tuberkulose in die Stadt bringen?« – »Was ist mit deinem Bein, du hinkst, wir können hier keine Kranken gebrauchen.«

Im Hintergrund Lady Liberty, die teilnahmslos zusieht. Die Worte auf ihrem Sockel gelten nicht für jeden. *Gib mir deine müden, deine armen, zusammengepferchten Massen, die sich nach Freiheit sehnen*.

Plötzlich habe ich das Gefühl, dass mich jemand anschaut. Ein Blick kribbelt zwischen meinen Schulterblättern. Ich drehe mich um. Hinter mir steht ein kleiner Junge, der mir bis zum Bauchnabel reicht und so hungrig auf die Eiswaffel in meiner Hand starrt, als hätte er seit zwei Wochen nur ranziges Wasser und Pökelfleisch zu sich genommen. Er trägt ein rundes Käppi auf dem Hinterkopf und ist angezogen, als käme er gerade vom Geburtstagsfest seiner Großmutter: schwarze Hose und Lackschuhe, weißes Hemd und dunkle Weste. Unter dem Hemd führt er ein Bäuchlein spazieren. Sieht nicht so aus, als wäre seine Eisration zu knapp. Ich sehe mich um, da stürzt auch schon eine füllige Frau mit wehendem Rock herbei, an der rechten Hand einen zweiten Jungen im gleichen Familienfeier-Outfit, und bleibt schwer atmend vor mir stehen. Dann streicht sie sich eine dunkle Strähne hinter das Ohr, beugt sie sich zu dem Kleinen herunter und fragt: »Junger Mann, was hat Mummy dir gesagt? Hat Mummy nicht gesagt, du sollst nicht weglaufen ohne zu fragen?« Ihre Stimme ist leise wie der erste Flötenton eines Dampfkessels kurz vor dem Überkochen. Das Kind tut mir Leid.

»Er war ganz brav«, sage ich. Mummy taxiert ihren Sohn, dann das schmelzende Eis in meiner Hand und fragt: »Hat er etwa gebettelt?«

»Nein, überhaupt nicht.«

»Machen Sie Urlaub in New York?«

Ich weiß, dass sie es freundlich meint, aber beleidigt bin ich trotzdem. Ich will nicht, dass man mich für eine Touristin hält. Ich lebe in New York. LEBE. In Großbuchstaben. Andererseits bin ich zu faul ihr das zu erklären. Ich nicke stumm.

»Ist ja großartig!«, strahlt sie, als hätte ich ihr eröffnet, dass sie im Lotto gewonnen hat. »Wo kommen Sie her?«

Im gleichen Moment, in dem ich »Deutschland« sage, wird mir klar: Es sind Juden. Es ist das erste Mal, dass ich Juden sehe. Nicht in den Nachrichten, wenn es Tote gibt in Israel und schläfenlockige Siedler mit schwarzen Hüten vor die Kamera treten, nicht auf Bildern von Konzentrationslagern und Ghettos.

Ich wünsche mir, ich hätte etwas anderes gesagt – Schweden,

Holland, Schweiz –, aber jetzt hängt dieses *Germany* in der Luft wie eine Anklage, so als hätte ich persönlich das rosa Kaninchen gestohlen und die jüdischen Nachbarskinder aus dem Luftschutzkeller geworfen. Doch die Frau lächelt unbeirrt.

»Dann weiterhin gute Reise«, sagt sie und zu ihrem kleineren Sohn: »Komm, Aaron, lass die Lady in Ruhe essen.«

Erst jetzt sehe ich, dass mir ein dicker Klecks Schokoladeneis auf den Oberschenkel getropft ist. Natürlich habe ich schon wieder kein Taschentuch dabei. »Solange du ohne Tempos aus dem Haus gehst, lasse ich dich nicht ausziehen«, droht mir meine Mutter seit Jahren. Leider hat sie es nie ernst gemeint. Das habe ich jetzt davon.

Ich habe einem jüdischen Kind mein Eis verweigert. Das ist unverzeihlich. Auch wenn das Kind so aussah, als könnte es eine Diät gebrauchen. Außerdem klebt der Eisfleck meine Hose an der Haut fest. Die Warteschlangen vor der Freiheitsstatue, die schon sichtbar werden, als das Schiff anlegt, verderben mir die Laune vollends. Scheinbar will die ganze Welt der Lady zu Kopf steigen. Vor mir zwei Frauen mit Gesundheitsschuhen, die synchron Müsliriegel knabbern. Japaner, die sich gegenseitig vor den Absperrgittern fotografieren.

Weil ich keine Lust habe, zwei Stunden zu warten, nur um Manhattan aus ein paar Metern Höhe zu betrachten, mache ich kehrt und stelle mich in der Schlange an, die auf das nächste Schiff zurück wartet. Die Hochhäuser am Ufer sehen aus wie bizarre Riesenspielzeuge: ein Legoturm, ein aufgeschraubter Filzstift, ein Flaschenkorken.

Während ich mich hinter einem Pärchen mit olivfarbener Haut und pinkfarbenen Regenjacken anstelle, das sich hingebungsvoll küsst, komme ich zu zwei Schlüssen. Erstens: Wenn ich jedem jüdischen Jungen in New York ein Eis schenken würde, wäre ich pleite und ihre Mütter würden mich hassen. Und zwar nicht, weil ich Deutsche bin. Zweitens: Wenn ich nicht für eine Touristin gehalten werden will, dann muss ich aufhören mich wie eine zu benehmen. In Zukunft werde ich coole Dinge tun. Mit Connie Salsa tanzen gehen, heute Abend. Mir ein Sweatshirt von *GAP* und eine Baseballmütze kaufen. Und bei *Starbucks* Milchkaffee zum Mitnehmen holen.

Starbucks ist überall. Die Filialen haben Glaswände und Glastüren. Die Gäste sitzen auf Barhockern hinter dem Fenster auf Augenhöhe mit den Fußgängern und nippen an Kaffee aus Pappbechern. Gestern wäre ich fast in so einem Laden gewesen, am Broadway. Ich war noch nie allein in einem Café, aber während ich zehn Minuten unentschlossen am Ausgang stand, sah ich fast nur Leute einzeln rein- und rausgehen. Es scheint nichts Besonderes zu sein, nicht wie daheim, wo man sich vor dem *Uni Café* verabredet und dann gemeinsam einen Tisch sucht. Jedesmal, wenn die Tür aufging, roch die Luft intensiv nach Kaffee.

Beinahe hätte ich mich getraut. Allein schon deshalb, weil das braune Heißgetränk in *Anne's Family Diner* schmeckt, als wäre der gleiche Filter drei Mal verwendet worden. Aber als ich mich gerade entschieden hatte, kam ein Anzugträger aus der Tür, der so verkniffen schaute, dass ich zwei Schritte zurücktrat und wie einbetoniert stehen blieb, so dass ich fast mit zwei Hunden zusammenstieß und mich in eine Leine verhedderte. Ich fühlte mich rot werden und schämte mich dafür. Vielleicht bin ich selbst schuld an meinem Touristenstatus, wenn ich ohne mit der Wimper zu zucken allein ein Flugzeug nach New York besteige, aber dann vor einem Coffee Shop kapituliere. Ins nächste *Starbucks* gehe ich rein, und wenn mir Godzilla persönlich entgegenkommt.

Ich muss nicht lange laufen. Die Filiale liegt kurz vor der Brooklyn Bridge, zwischen einem Videoladen und einem baufälligen Haus. In einem Fenster im zweiten Stock hängt ein Schild, das für die amerikanische Armee wirbt. Während ich auf den Laden zugehe, reißt die Wolkendecke auf und lässt die Sonne durch. Ich hole tief Luft und drücke dann gegen die Glastür. Keiner dreht sich um oder schaut mich an. In der Ecke vor der Fensterfront stehen rote Plüschsessel vor kleinen runden Tischen. Aus den Lautsprechern klingt Jazz. Ich stelle mich vor der Theke an.

Der Mann vor mir ist riesig. Zwei Meter groß oder wenigstens fast. Er trägt einen orangefarbenen Fahrradkurier-Rucksack. Auf meiner Augenhöhe ist die Freiheitsstatue abgedruckt, die mit wehendem Gewand in die Pedale tritt. Ihre Fackel lodert im Fahrtwind. *Liberty License – we speed up your life* steht in fetten Buchstaben darunter.

Ich frage mich, ob er meinen Blick spürt, so wie ich vorhin den Blick des kleinen Jungen auf dem Schiff. Über die Ohren hat er ein Paar Kopfhörer gestülpt, so groß wie Kinderfäustlinge. Schwarze Rastalocken fallen ihm in den Rücken, schlängeln sich über das Plastik. Er wiegt seine Hüften im Takt, tanzt nach seinem eigenen Rhythmus. Er hat einen hübschen Arsch, denke ich, und während ich das denke, habe das Gefühl mich zu verhaspeln, obwohl ich nicht laut spreche. Habe ich wirklich *Arsch* gedacht, so wie ein Mann es denken würde, der auf der Straße einer Frau hinterherstarrt? New York macht merkwürdige Dinge mit mir.

»Hello, Miss, how may I help you?«

Ein Mädchen in grüner Schürze lächelt mir zu. Diese Frage bin ich mittlerweile gewohnt.

»A coffee with milk.«

»You mean Latte or Regular?«

Einmal mehr habe ich das Gefühl, kein Wort Englisch zu können. Oder nicht die richtigen Wörter.

»I don't care«, sage ich und dann erst sehe ich die riesige Tafel über ihrem Kopf. Mindestens 20 Kaffeesorten, und die gibt es auch noch in verschiedenen Größen. Mein Mund wird ganz trocken.

»Do you want caffe latte?«, versucht sie es noch einmal. Ich schätze, das will ich. Konnte ich schließlich nicht wissen, dass ich Italienisch lernen muss, um in New York Kaffee zu bestellen.

»A tall latte«, ruft sie ihrer Kollegin an der Espressomaschine zu. Ich erwarte, dass gleich alle in der Schlange hinter mir zu lachen anfangen. Wenigstens die Männer. Erst als ich meine Dollarscheine abzähle – was für eine unübersichtliche Währung, in der alle Noten die gleiche Farbe haben! –, fällt mir ein, dass es nur auf Deutsch anzüglich wäre, eine große Latte zu bestellen. Ich stütze mich auf den Tresen und warte auf meinen Pappbecher. Wenn ein Cent in meinem Wechselgeld ist, dann habe ich Glück. Es könnte bedeuten, dass der Fahrradkurier mich anspricht. Ich warte immer noch auf meinen Kaffee.

Drei einzelne Cents sind dabei. Es wirkt sofort.

Er tippt mir auf die Schulter. »Die Getränke gibt's da drüben. Sie rufen dich auf, wenn deins fertig ist.« Wie zur Bestätigung kündigt die Frau an der Espressomaschine am anderen Ende der Theke laut *»one strawberry frappuccino«* an. Sie reicht ihm einen durchsichtigen Becher mit Kaffee voller Eiswürfel, gekrönt von einem Sahnehäubchen, durchzogen von roten Schlieren. Er greift danach, umschließt den Becher mit Daumen und Mittelfinger. Hände zum Festhalten, Hände, in denen ich mir gut einen Schraubenzieher vorstellen könnte.

»Kaffee und Erdbeersauce? Schmeckt denn das?«

Er grinst. *»The only way to survive a hot day«*, rappt er in einem weichen Singsang. Er saugt an seinem Strohhalm. Die Wangenknochen unter seiner Haut treten noch mehr hervor.

Er ist jünger, als ich dachte. 21, 22, höchstens 25. Trägt eine randlose runde Brille. Und lacht mich zwischen zwei Schlucken so an, dass mir sofort alle Klischees über die Zähne von Schwarzen einfallen. Perlen an einer Schnur. Elfenbein. Dazu noch eine doppelte Portion weiß hinter langen Wimpern. Er strahlt, er funkelt. Ich wünschte, ich hätte meinen Kaffeebecher schon. Denn ich brauche dringend etwas, um mich daran festzuhalten.

Gleich darauf bekomme ich meinen Kaffee und ein zusätzliches Problem. Wie soll ich ihn trinken, ohne mich lächerlich zu machen? Durch die winzige Öffnung an der Seite des Plastikdeckels? Oder soll ich ihn abnehmen und mit Milchschaumschnurrbart wieder auftauchen? Ich inspiziere den Becher. Er steckt in einer braunen Pappbanderole. *Be careful*, steht darauf, *the beverage you're about to enjoy is extremely hot.*

Leider macht der Fahrradkurier keine Anstalten, sich zu setzen. Geschweige denn, mit mir zusammen. Er zwinkert mir zu, das ist wenigstens etwas, setzt sich dann seine Kopfhörer wieder auf und geht mit federnden Schritten zu einem schwarzen Brett neben der Eingangstür, an das er einen Zettel pinnt. Mit der Sohle seines rechten Turnschuhs stößt er die gläserne Schwingtür auf.

Ich warte einen Augenblick, entscheide mich für die Milchschnurrbart-Methode – jetzt ist es egal – und ziehe den Plastikdeckel ab. Tunke meine Oberlippe durch den lauwarmen Schaum ein, bis sie auf den Kaffee darunter trifft, und nippe daran.

Ich zwinge mich zu warten. Ich sage mir: Wenn du es schaffst, hier stehen zu bleiben und den Kaffee auszutrinken, bevor du den Zettel am schwarzen Brett liest, dann wirst du diesen Mann wiedersehen.

Wie damals, als ich Jürgen gerade kennen gelernt hatte und auf seinen Anruf wartete. Mein Ritual war so simpel wie wirkungsvoll: Wenn du nach Hause kommst, geh erst ins Bad und zieh dir die Lippen nach. Konturstift und Farbe. Dann geh in die Küche und gieß dir ein Glas Cola ein. Trink es aus. Als Letztes sieh nach, ob jemand angerufen hat.

Aber heute bin ich zu ungeduldig für magische Rituale. Beim dritten Schluck merke ich, dass ich mir heftig die Zunge verbrenne. Ich laufe zur Eingangstür. *Tongues on fire*, steht auf dem Flyer, *Poetry Slam & Open Mike. June 17th, 9 p.m.,* Poets' Bar. Schwarze Schrift auf rotem Papier.

Poetry Slams gibt es auch in Freiburg. Germanistikstudentinnen mit großen Brillen lesen lange Liebesgedichte vor, dünne Jungs in Cordhosen lesen Kurzgeschichten, in denen es meistens um Drogen geht. Das Publikum vergibt Punkte, der Gewinner bekommt eine Flasche Whisky. Mal sehen, ob es in Amerika genauso ist. Ich schaue auf die Uhr und rechne nach. In sieben Tagen und fünf Stunden kann ich ihn wiedersehen. Wenn ich will.

Seltsam, dass mir gerade jetzt dieser Sonntag im Schwimmbad einfällt. Ein Sonntag mit Jürgen, einer der ersten. Es war im Winter. Jürgen lief am Rand des Tauchbeckens vor mir her. Seine Hände hielt er gegen seine Schenkel gepresst. Er trug eine bunte Badehose, die nie modisch gewesen war und es auch nie sein würde, und er lief, als hätte er seine Pobacken zusammengekniffen. Vielleicht war es ihm peinlich, dass ich ihn so sah. Wir kannten uns seit zwei Wochen, hatten uns aber noch nicht voreinander ausgezogen. Vor diesem Tag hatte ich nur einmal die Brust unter seinem Wollpullover ertastet, aber er hatte ihn nicht ausgezogen und ich hatte mich so verrenkt, dass mir meine rechte Schulter zwei Tage lang wehtat. Ein anderes Mal hatten wir nebeneinander auf seinem Bett gelegen und uns gegenseitig die T-Shirts aus dem Bund gezogen. Seine Bauchhaare kitzelten meinen Nabel, die Haut darunter war ganz warm. Ich hätte ewig so liegen bleiben können. In dem Moment war ich vollkommen glücklich.

Es gefiel mir, dass er so schüchtern war. Und es gefiel mir, wie selbstverständlich er zu mir stand. Drei Tage nachdem wir uns zum ersten Mal geküsst hatten, stellte er mich seinen Freunden vor. Nicht dieses Gequatsche von Freiheit, keine dieser ängstlichen Ausflüchte. Manche Jungen benahmen sich, als sei es eine Art Eheversprechen, ein Mädchen vor anderen Augen an der Hand zu halten. Jürgen nicht. Überhaupt war er ganz anders als mein erster Freund, der es nicht leiden konnte, wenn ich ihn vor anderen küsste. Jürgen nannte mich von Anfang an »mein Schatz« und mir wurde zum ersten Mal klar, was dieses Wort bedeutet. Ich fühlte mich wertvoll und entdeckenswert. Ich probierte nackt vor dem Spiegel Körperhaltungen aus, war mir fremd und fand mich schön: meine ungeschminkten Lippen und meine kleinen Brustwarzen in der gleichen Farbe, meine langen geraden Zehen, die ich noch nie beachtet hatte.

Und dann stand ich an diesem Sonntag im Schwimmbad und mochte Jürgen gar nicht so sehen. Natürlich hatte ich mich gefragt, wie sein Körper nackt aussah, welche Farbe seine Brustwarzen hatten, wie dunkel die Haare waren, nach denen ich getastet hatte. Aber ich wollte ihn bei Kerzenschein auf meinem Sofa, nicht im bläulichen Licht eines Schwimmbades. Ich fühlte mich wie ein Kind, das aus Versehen ein nicht eingepacktes Weihnachtsgeschenk in einer Schublade entdeckt. Ich ging an Jürgen vorbei, kletterte auf einen der Startblöcke und sprang.

»Komm!«, rief ich, als ich auftauchte, »es ist ganz warm hier drin!« Er schüttelte den Kopf. Lief um das Becken herum zu einer Trittleiter. Als er sie herunterkletterte, wusste ich es plötzlich. Jürgen würde mich nie betrügen. Für mich selbst konnte ich nicht garantieren.

Anne putzt die Theke. Sie reibt mit heftigen Bewegungen an einem Fleck herum. Ihre Oberarme sind nackt und haben fast den gleichen Umfang wie ihre Waden. Das weiße Fleisch zittert im Takt ihrer Hand.

»Hi«, sage ich beiläufig und steuere auf den Kühlschrank zu, um mir einen Kiwi-Erdbeersaft zu nehmen.

»Wo warst du?«, fragt Anne und lässt den Scheuerlappen sinken.

»Liberty Island.«

»So so. Liberty Island«, echot sie.

Ich lasse den Türgriff los und drehe mich um.

»Vorgestern Times Square, heute Freiheitsstatue«, zählt sie auf, »und gestern wolltest du noch zum Rockefeller Center, nachdem wir im Museum waren. Wie eine Amerikanerin im Urlaub: *Europe in seven days*. Warum hast du es denn so eilig, du hast doch vier Wochen Zeit! Und am Wochenende mach ich den Laden hier zu und kann dir alles zeigen.«

Sie hantiert jetzt nicht mehr mit dem Lappen, sondern hat die Fäuste in die Hüften gestützt und sieht mich prüfend an. Connie steht in der Küchentür hinter Anne und äfft sie nach. Runzelt die Stirn und kneift die pink geschminkten Lippen zusammen. Aber mir ist nicht zum Lachen. Ich versuche so zu tun, als hätte ich Anne überhört. Weniger ihre Worte als ihren Ton. Sieht aus, als hätten wir tatsächlich ein Problem.

»Ich dachte, ich komme noch mal nach Hause und ziehe mich für heute Abend um.« Ich sage tatsächlich *come home*. Es hört sich falsch an.

Anne ruft mich zurück, als ich schon an der Hintertür zum Treppenhaus stehe. »Meine liebe Jenny« sagt sie, jedes Wort einzeln betonend, »du scheinst dir nicht klar darüber zu sein, dass ich eine gewisse Verantwortung für dich habe. Du kannst hier nicht kommen und gehen, als wärst du im Hotel. Du bist noch nicht mal 21!«

Ich drehe mich um. Mustere sie langsam. Die Hände, auf denen sich erste Altersflecken zeigen, der gestreifte Blusenkragen, der Scheitel ihrer Betonfrisur. Die zwei alten Frauen, die am Nebentisch wie kleine Nagetiere an ihren Pommes knabbern, lassen die Finger sinken, gespannt, wie unser Privatduell ausgeht. Zuerst wende ich mich an Connie.

»Wann wolltest du heute Abend los zum Salsatanzen?«

Sie streicht sich die Haare aus dem Gesicht, als stände sie für ein Musikvideo vor der Kamera. Ihre echten Fingernägel sind ganz kurz, aber die Geste hat sie sicher mit ihren waffenscheinpflichtigen Krallen geübt.

»Halb zehn, vorher ist da nichts los. Ich komme hier vorbei und hol dich ab.«

Ich möchte sie gerne fragen, was ich anziehen soll. Aber erstens könnte sie das unsouverän finden und zweitens würde mir das den Auftritt vor Anne versauen. »Liebe Mrs Koslowsky«, wende ich mich an sie (hoffentlich sieht mein Lächeln so zuckersüß aus, wie es sich anfühlt!), »machen Sie sich da mal keine Sorgen. Wenn ich *nachts* mal nicht nach Hause komme, sage ich schon Bescheid.« Dann wende ich mich zur Tür und verschwinde ins Treppenhaus. Ich lehne mich gegen die Aufzugstür. Das Metall ist kühl in meinem Rücken und beruhigt mich. Ich dachte, keiner in New York hätte das Recht, mir solche Fragen zu stellen. Und sie mir auf diese Weise zu stellen.

Meine Mutter läuft manchmal sonntags auf dem quietschenden Dielenboden vor meinem Zimmer auf und ab. Keine Ahnung, was sie da macht. Ob sie etwas umräumt oder ob sie mir böse ist, weil ich samstagabends Besseres zu tun habe als fernzusehen. Oder weil sie 45 Jahre alt ist und morgens mit ungekämmten

Haaren nicht mehr so gut aussieht wie ich (wenn auch besser als Anne, das muss ich zugeben). Weil sie mir meinen Spaß nicht gönnt, es aber nicht zugeben darf. Schließlich hält sie sich für modern und tolerant. Auf meinen Partys erscheint sie ungefragt im Zimmer und setzt sich mit einem Glas Wein auf den Boden, selbst wenn alle Stühle frei sind. Aber wenn ich sonntags um elf von ihren quietschenden Schritten aufwache, fühle ich mich, als käme ich aus meinem Zimmer direkt aufs Polizeirevier.

»Wann warst du zu Hause gestern Nacht?« – »Hat Jürgen dich gefahren?« – »Bist du allein?«

Sie ist meine Mutter. Das legt die Spielregeln fest. Sie darf mich diese Dinge fragen. Ich habe das Recht, die Aussage zu verweigern. Aber wie soll ich eine ältere Frau behandeln, die sich für mich verantwortlich fühlt? Sind 200 Dollar Miete für vier Wochen nicht genug, mir meine Ruhe zu erkaufen?

Eigentlich hatte ich Anne noch einmal nach dem Buch mit New York-Gedichten fragen wollen. Auf einer Fensterbank sitzen, lesen, zwischendrin Autos zählen. Spielchen spielen: Wenn in den nächsten fünf Minuten mindestens sieben blaue vorbeifahren, sehe ich den Typ aus dem Coffee Shop wieder. Aber jetzt bin ich nicht in der Stimmung dazu. Ich fahre hoch in Annes Wohnung, werfe einen Blick in mein düsteres Zimmer und gehe dann in die Küche. Die ist zwar auch nicht gemütlich, aber wenigstens hell.

In der Spüle steht eine Teetasse voller Wasser, das Etikett eines Teebeutels hängt noch über dem Rand des Mülleimers. Der Fernseher auf dem Küchentisch läuft ohne Ton. Auf dem Bildschirm beugt sich gerade eine Talkmasterin zu einer Frau mit Vogelgesicht, der Tränen über das Gesicht laufen. Der Schriftzug *Why can't you forgive me?* blinkt in blauen Lettern von der Studiowand. Ich greife nach der Fernbedienung und schalte den

Ton ein. Die weinende Frau hält jetzt eine andere im Arm. Es muss ihre Tochter sein. Die beiden ähneln sich wie zwei Luftballons, von denen der eine prall aufgeblasen und der andere kraftlos in sich zusammengesackt ist.

»Ihre Tochter hat Ihnen also seit 20 Jahren nicht mehr gesagt, dass sie Sie liebt?«, fragt die Talkmasterin mit öliger Stimmer. Die ältere Frau schüttelt den Kopf und schluchzt. Dabei krampft sie ihre Hände um den fettigen Hals ihrer Tochter, als könnte sie sich nicht entscheiden, ob sie sie umarmen oder erwürgen will. »Und Sie glauben, auch das ist ein Grund für Ihre schweren Depressionen und ihre drei Selbstmordversuche?« Schluchzen. Nicken. »Dann sagen Sie ihr es jetzt!«, drängt die Talkmasterin die dicke Tochter, wahrscheinlich wird die Sendezeit knapp. »Es ist nie zu spät, zu verzeihen!«

»I love you, mummy«, japst sie. Was soll sie auch sonst tun, wenn sie nicht stranguliert werden will?

Während ich die Plastikkappe vom Deckel meiner Saftflasche pule und mich frage, wozu der Deckel noch diesen Extraschutz hat, klingelt das Telefon. Einen Augenblick lang hoffe ich, dass es der Fahrradkurier ist. Der gar nicht weiß, wo ich bin und wie ich heiße.

»Jenny? Bist du das?«

Scheiße. An ihn wollte ich nun gerade nicht denken.

»Hi, Jürgen.«

»Hi, Schatz. Du klingst so nah.«

Am liebsten möchte ich ihm alles sagen. Reden, obwohl noch gar nichts zu erzählen, zu gestehen, zu verzeihen ist. Ich bin nicht nah, möchte ich sagen, ich bin weit weg. Nichts ist hier so, wie ich es mir vorgestellt habe, aber trotzdem vermisse ich dich nicht so, wie ich dachte. Ich will nichts hören von Plattenflohmärkten in Schulturnhallen, Aktionswochen im Biergarten oder ob du einen Platz im Auto auf der Fahrt zum nächsten Open-Air-Konzert bekommen hast.

»Jenny? Bist du noch dran?«

»Du klingst auch ganz nah«, antworte ich, ein transatlantisches Echo. Am liebsten würde ich einfach sagen, was mir durch den Kopf geht. Aber ich weiß zu gut, wie er darauf reagieren würde. Den Kopf in die Hände stützen und gar nichts sagen. So ist es immer, unsere Streitgespräche versiegen einfach. Irgendwann lege ich ihm die Hand auf die Schulter, ein Zeichen, dass alles wieder gut ist. Am Telefon geht das schlecht. Vielleicht sollte ich ihm eine E-Mail schicken. Geschriebenes ist oft klarer als Gesprochenes. Vor allem ist es unwiderruflicher.

»Alles klar in New York?«, fragt Jürgen und stößt ein unsicheres kleines Lachen aus.

»Stress mit Anne.« Ich fahre mit den Fingern die Konturen eines Fotos nach, das über dem Fernseher in einem staubigen Wechselrahmen hängt. Es ist ein Hochzeitsfoto mit einer Anne, die ich nicht kenne. Nicht mehr die traurige Schöne im Batikrock, von der mein Dad erzählt hat. Und noch nicht meine spießige Vermieterin. Das Lächeln auf ihrem Gesicht ist wie mit Lack fixiert, aber ihr Brautschleier bauscht sich im Wind, als wollte er gleich abheben. Der Bräutigam hat eine breite Haarsträhne über seine beginnende Glatze gekämmt. Er strahlt, wie einer eben strahlt, der sonst nicht viel zu lachen hat und endlich das große Los zieht. Das muss Mr Koslowsky sein, von dem Connie erzählt hat, dass er seit drei Jahren nicht mehr lebt.

»Stress mit Anne? Wieso?«

»Sie behandelt mich, als wäre ich zwölf. Ich darf mir das nicht gefallen lassen.«

»Nein, darfst du nicht.«

Ich bin gespannt, wie lang ich das Spielchen noch weiter

treiben kann. Etwas sagen und darauf warten, dass Jürgen mir wie ein lebendes Echo antwortet. Fairer wäre es, reinen Tisch zu machen. Was für ein feiger Gedanke, mich hinter einer E-Mail zu verstecken. Nicht einmal hinter einem Blatt aus Papier, das ich selbst in der Hand gehalten habe, sondern hinter einer Aneinanderreihung von Daten. Es hilft nichts, ich muss ihm sagen, was ich fühle, und zwar sofort. Ohne Rücksicht auf Verluste. Egal, wie er reagiert. Auch wenn er schweigt. Auch wenn ich schweigend den Hörer auflegen muss.

»Du, Jürgen?« Er antwortet nicht. Ich höre meine Stimme zittern. Jetzt oder nie. »Ich glaube, ich muss Schluss machen.«

»Wieso, musst du gleich wieder weg?«

Nein, will ich antworten, du hast mich nicht verstanden, ich liebe dich nicht mehr, oder was man eben so sagt. Keine Ahnung, wie das geht. Ich habe mich noch nie getrennt. Ich bin nur mal selbst abserviert worden. Und das ist auch schon drei Jahre her.

In dem Moment höre ich jemanden im Flur. Dann steht Anne im Türrahmen und wischt sich ihre Hände an der rosa Schürze ab.

»Wir müssen uns mal unterhalten.«

Ich glaube, Anne hat mich gerettet. Beinahe hätte ich einen großen Fehler gemacht. Auf einmal fällt mir ein, wie Jürgen mein Plüschpferd aus meinem Bettkasten befreit und auf mein Kopfkissen gesetzt hat. »Da unten ist es viel zu dunkel, da kann es ja gar nicht auf dich aufpassen.« So jemanden schickt man doch nicht in die Wüste.

»Jürgen«, wiederhole ich mechanisch, »ich muss Schluss machen, weil ... Anne ist gerade gekommen, wir haben da noch was zu klären.«

»Mach's gut, Jenny«, sagt Jürgen, »und vergiss nicht, ich lieb dich.«

»Ich dich auch«, sage ich und drücke auf einen roten Knopf, auf den ein kleiner Hörer gezeichnet ist.

»Wer war das? Dein *boyfriend*?«

Das geht die Alte gar nichts an. »Ein Bekannter von mir.«

»Er ruft dich oft an, nicht? Ein netter Junge. Gestern hatte ich ihn am Telefon. Er fehlt dir sicher sehr, oder? Ich kann mich gut erinnern, wie das ist. Wenn man die ganze Nacht wach bleibt, weil man sich so viel zu erzählen hat, weil man sich nicht vorstellen kann, dass es jemals langweilig wird miteinander.«

Das nun auch wieder nicht. »Ja. Doch. Er ist nett.« Ich greife wieder nach der Saftflasche und gehe auf die Küchentür zu. Anne bleibt stehen, die Hand in den Türrahmen gestützt wie eine Schranke.

»Jenny, ich war noch nicht fertig. Bitte, nimm das ernst. Wenn du schon unbedingt alleine losziehen musst, dann muss ich wissen, wo du hingehst. New York ist gefährlich. Viel zu gefährlich für eine junge Frau. Wenn dir etwas passieren würde, wie sollte ich das deinen Eltern erklären?«

»Don't worry, Mrs Koslowsky«, antworte ich. Sie hat mich gebeten, sie beim Vornamen zu nennen, aber mit ihrem Nachnamen fühle ich mich wohler. Als wäre sie keine Bekannte, sondern eher eine neugierige Vermieterin. Es klingt so, als würde ich sie siezen. Wenn es das im Englischen gäbe. Dann überlege ich, was »volljährig« heißt, aber es fällt mir nicht ein, und so füge ich hinzu: »Ich bin schließlich kein Kind mehr.«

Sie legt die Stirn in Falten, seufzt tief und macht mir den Weg frei. »Ich werde mit deinem Vater sprechen müssen.«

»Bitte. Nur zu.«

Beinahe bin ich gespannt, was er zu unserem Streit sagt. Und ob er in dieser Frau noch etwas wiedererkennt von der Schönen aus dem Greyhound-Bus, die ihn von New York nach San Francisco mit ihren Liebeskummer-Geschichten unterhalten hat. Am liebsten würde ich Anne fragen, ob sie ihren Batikrock noch hat.

Als ich an ihr vorbeigehe, sieht sie mich noch einmal an. Nicht böse, eher prüfend. »Jenny«, sagt sie, »ich muss mir das überlegen. Aber wenn ich nicht mal weiß, wann ich mir um dich Sorgen machen muss, dann bin ich mir nicht sicher, ob du weiter hier wohnen kannst.«

4

Ich glaube, es gibt zwei verschiedene Arten von Freundschaft. Nummer eins ist das Modell *Seelenverwandtschaft*. Zwei Mädchen stellen fest, dass sie im Kino an denselben Stellen lachen, vom Einkaufen mit den gleichen T-Shirts zurückkommen, und schon haben sie eine gemeinsame Basis. Nummer zwei ist das Modell *Steigbügelhalter.* Ein Star und sein treuester Fan, eine Diva und ihre Putzfrau. Während ich Connie und ihre Freundin María in der Warteschlange des *Latin in Manhattan* beobachte, wird mir ziemlich schnell klar, wo die beiden einzuordnen sind.

Connie hat sich in Pose gestellt, eine Hand locker an der Hüfte, und erzählt von einem Second-Hand-Laden für Designermode, während María an ihren Lippen hängt. Sie ist klein, hat krauses Haar und eine glänzende Nase. Sie erinnert mich an einen Rauhaardackel. Beim Reden legt sie den Kopf schief und lächelt. Mich ignoriert sie, seitdem wir einander vorgestellt worden sind (ich wundere mich über die Förmlichkeit, das Händeschütteln), scheinbar hält sie mich für eine Konkurrentin.

Ich kenne sie gut, diese Art von Freundschaft. Marías und Connies gibt es überall, nicht nur in New York. Die Connies dieser Welt wissen immer genau, wo die besten Partys abgehen, haben ein untrügliches Gespür für Stoffe und Farben und hauen mit 18 von zu Hause ab, um bei einem DJ einzuziehen.

Die Marías dieser Welt erkennen Modetrends frühestens,

wenn sie in Versandhauskatalogen auftauchen, tragen meistens Brillen und träumen heimlich von der großen Liebe. Kein Junge interessiert sich wirklich für sie, und das ist auch gut so, sonst würden sie ja als Steigbügelhalterinnen für ihre glanzvollen Freundinnen ausfallen. Und die brauchen sie dringend, teils, um sich unangenehme Verehrer vom Leib zu halten, teils, weil sie in ihrer Gegenwart noch heller strahlen.

Connie plaudert mal mit mir, mal mit María, sieht aber keine von uns dabei an. Ihre Augen scannen die Szenerie: Manhattan, 3rd Street, Lower East Side. Typen in glänzenden Blousons und mit Schnurrbärtchen lehnen an einem Rollladen auf der gegenüberliegenden Straßenseite, der mit Graffiti besprüht ist. An der Ecke scheint Licht aus einem Feinkostladen. Auf dem Bürgersteig davor stehen schwarze Plastikeimer mit Blumen in Zellophan, auf Holztischen sind Kisten mit Melonen, Pfirsichen und Ananas ausgebreitet. Plastikdosen mit Obstsalat ruhen auf einem Bett aus Eiswürfeln. *Open 24 hours* steht auf der gestreiften Markise. Hinter uns wird die Schlange immer länger.

Erst glaube ich, Connie hält Ausschau nach Antonio. Aber ihren Verlobten erwartet sie gar nicht.

»Freitags ist der mit seinen Kumpels zusammen. *A boys' night out,* so nennen die das. Billard spielen und sich besaufen.«

Sie kräuselt verächtlich die Lippen. Dann wendet sie sich wieder an María.

»Versprich mir eins, *mi amor.* Wenn Enrico heute Abend auftaucht, übernimmst du ihn. Dem wachsen immer fünf Arme, wenn er mich sieht.«

»Enrico?«

»Du weißt schon. Der Typ, der in Raúls Werkstatt arbeitet. Als ich ihn das letzte Mal gesehen habe, hat er mir . . .« Der Rest ist unverständliches Getuschel auf Spanisch.

Mittlerweile sind wir bis zum Eingang vorgerückt. Hinter einem Samtvorhang wartet ein großer Schwarzer mit Kinnbart und einer fettgliedrigen Goldkette um den Hals. Vor ihm auf dem Holztischchen stehen eine zerkratzte grüne Metallkasse, Stempel und Stempelkissen. Er thront dort wie ein Richter in einem Justizfilm. *»May I see your ID?«*

In Deutschland ist es mir schon lange nicht mehr passiert, dass ich meinen Ausweis vorzeigen musste. Er mustert die Kärtchen, die Connie und María über den Tisch reichen. Danach blättert er ratlos in dem Büchlein mit dem steifen roten Umschlag, bis er die eingeschweißte Seite mit meinem Geburtsdatum findet. Als ich wieder danach greife, hält er mich am Handgelenk fest und streift mir ein gelbes Gummibändchen darüber. Darauf steht in Großbuchstaben das Wort *minor.*

»Was heißt das?«, frage ich verwirrt.

»You are under the drinking age.«

Connie packt mich am Oberarm und zieht mich mit sich mit. Blechbläsersätze dröhnen uns entgegen. Als wir einen weiteren Vorhang zur Seite geschoben haben, stehen wir mitten auf der Tanzfläche. Die Leute erinnern mich an Filme aus den achtziger Jahren: Frauen mit Dauerwelle, runden Plastik-Ohrclips, breiten Gürteln über schwingenden Röcken, Männer in Bundfaltenhosen, viele von ihnen ein Schnauzbärtchen als Blickfang im Gesicht. Sie tanzen paarweise und es sieht so aus, als hätten sie Spaß. Ich bin nicht sicher, ob das die Sorte »cooler Club« ist, von denen Jürgen geredet hat. Eigentlich mag ich auch lieber Triphop als Salsa. Aber wenigstens ist hier niemand zu cool, um sich zu bewegen oder laut zu lachen.

»Was trinkst du?«, fragt María Connie.

»Was soll sie dir mitbringen?«, fragt Connie mich. Ich blicke auf das gelbe Band an meinem Handgelenk.

»Was ist das eigentlich?«

Sie sieht mich verwundert an. »Du bist unter 21. Deshalb verkaufen sie dir keinen Alkohol.«

»Was? Ich darf nicht mal ein Bier trinken?«

Connie kneift mich freundschaftlich in die Wange. An ihrem Handgelenk baumelt ein grünes Band. »Herzchen, das ist doch kein Problem. Der Barkeeper ist ein ganz lieber Freund von mir, der sagt nichts, wenn ich zwei Drinks gleichzeitig hole. Also, *Budweiser? Corona? Brooklyn Pale Ale?*«

Connie ist in ein Gespräch mit einem der Schnurrbartträger vertieft, als María zurückkommt. Er redet auf Connies Ohrmuschel ein und legt ihr dabei eine Hand ins Kreuz. Sie versucht sich aus der Gesprächsumarmung zu entwinden, aber sie steht mit dem Rücken zur Wand. Also beugt sie sich demonstrativ von ihm weg, wenn sie ihm antwortet. Er tippt mit verkniffenem Gesicht auf sein Ohr, bedeutet ihr, dass er nichts versteht. María hält mir eine durchsichtige Bierflasche mit Limonenschlitz im Flaschenhals hin, stellt sich dann auf die andere Seite des Typen und brüllt ihm was ins Ohr. Vielleicht ist das Enrico, den sie ablenken soll. Wenn ja, dann macht sie ihre Sache nicht besonders gut.

Während ich mich umsehe, muss ich immer wieder den Blick senken. Denn jedes Mal, wenn ich einem der Typen in die Augen schaue, fühlen sie sich aufgefordert mich anzulächeln und mir zuzuprosten. *Hola chica, como te llamas?* Ich habe aber keine Lust, mich mit einem von ihnen zu unterhalten.

Stattdessen trinke ich hastig mein Bier. Schaum spritzt aus dem Flaschenhals und läuft mir über das Kinn. Mit jeden Schluck werde ich wütender. *Drinking age!* Hundehalsbänder am Handgelenk! Ich fühle mich wie zu den Zeiten, in denen mich meine Mutter abends um zehn von Tanzschulpartys abgeholt hat. Direkt vor der Tür hat sie geparkt, so dass beim Rausgehen jeder das

Auto sehen konnte. Kein Wunder, dass ich erst mit 16 meinen ersten Freund hatte. Ich muss hier weg. Ich muss hier raus. Jetzt kommt Connie auch noch mit dem Typen auf mich zu und stellt mich vor.

»May I introduce you? Jenny, this is Enrico.«

Wieder diese förmliche Art, die ich sonst nur von den Freunden meiner Eltern kenne.

Zum Schluss ist alles halb so schlimm. Enrico hat zwar Automechanikerhände und Ränder unter den Fingernägeln, aber er ist ein guter Tänzer. Als wir über den schmutzigen Steinboden wirbeln, glaube ich fast, ich könnte tatsächlich ein paar Salsaschritte. Später, als ich ihm von meinem Freund in Deutschland erzähle, nimmt er folgsam seine Pranke von meinem Po, legt sie auf meiner Schulter ab und bietet mir an noch ein Bier zu holen.

Nach einer Weile kleben mir die Haare an der Schläfe und mein T-Shirt ist nass. Fast bin ich Jürgen dankbar: Wenn es ihn nicht gäbe, müsste ich ihn erfinden, um Enrico auf Distanz zu halten. Immer wieder rutscht seine Hand tiefer, als wäre sie zu schwer für ihn, aber sobald ich meinen Verlobten ins Spiel bringe, wird er lammfromm. Sieht mich schief an und schmachtet mir ins Ohr, wie glücklich sich mein *novio* aus *Alemania* schätzen dürfe.

Als ich Connie wieder entdecke, müssen mindestens zwei Stunden vergangen sein. Enrico sitzt neben mir an der Bar und zeichnet mir die Positionen einer Baseballmannschaft auf einer Papierserviette auf. »Was ist denn jetzt ein *homerun*?«, frage ich mäßig interessiert. Mittlerweile habe ich zu Caipirinha gewechselt (ich werde sowieso zu allen Drinks eingeladen, deshalb spielt der Preis keine Rolle) und ich versuche die zerstoßenen Eiswürfel aus meinem Plastikbecher durch den Strohhalm hochzuziehen. Ich kenne die Masche mit den Sportregeln, mir hat vor ein paar

Jahren mal ein Typ auf einer Schulparty die Abseitsfalle erklärt und gedacht, aus lauter Dankbarkeit würde ich mich von ihm auf der Tischtennisplatte abknutschen lassen.

Connies Bluse ist zerknittert, der Lippenstift fortgewischt. Sie stürmt auf mich zu, María im Schlepptau. »Da bist du ja, wir haben dich schon gesucht.« Ehe ich sie fragen kann, wo sie gesteckt hat und wer sie so zugerichtet hat (sieht nicht so aus, als hätte sie sich gewehrt), nimmt Connie mir den Becher aus der Hand und deutet Richtung Ausgang. »Hier ist nichts mehr los, lass uns fahren!« María scheint das extrem komisch zu finden. Sie lacht anbiedernd und entblößt mehr Zahnfleisch, als gut für sie ist. Ich bin versucht ihr einen Vortrag über Frauenfreundschaften zu halten. Aber mein lückenhafter Wortschatz rettet mich vor dem Fettnäpfchen. Wer weiß schon, was *Steigbügel* auf Englisch heißt?

Unser überstürzter Aufbruch rettet mich davor, Enrico meine Telefonnummer zu geben. Connie schlägt vor, dass wir uns für den Heimweg ein Taxi teilen. Weil es spät ist, sagt sie, und weil am Eingang zur U-Bahn-Station 2nd Avenue nachts oft ein einbeiniger Bettler sitzt, der seine Holzprothese neben sich auf die Stufe stellt. »Gruselig«, schüttelt sie sich, *»disgusting!«* Eigentlich hätte ich Lust weiterzuziehen, aber ich kann es mir nicht leisten, meine einzige Freundschaft in New York aufs Spiel zu setzen. Und Connies Stimme duldet keinen Widerspruch. Der Schwarze mit dem Goldkettchen hält uns die Tür auf und winkt uns nach. Connie wirft ihm eine Kusshand zu.

Wir gehen die 3rd Street in Richtung Avenue D entlang. Unsere Absätze hallen im gleichen Takt zwischen den Häuserriesen auf den viereckigen Gehwegplatten. Sie sehen überall gleich aus, sogar in Queens. Unwillkürlich fallen mir die Straßen Freiburgs ein: schwarzer Asphalt, der in der Mittagssonne schmilzt, ovale und viereckige, faust- und kieselgroße Pflastersteine in allen Farben von grau mit weißen Einsprengseln bis hin zu rosa und gelb.

Noch immer hängen Menschentrauben in den Hauseingängen. In einem Kneipenfenster hängt ein Schild. *Breakfast always.* In dieser Stadt könnte jeder in seiner privaten Zeitzone leben. Nachts um drei frühstücken. Morgens um sechs ein Fahrrad kaufen. Und um ein Uhr nachmittags ins Kino gehen.

Auch an der Ecke zur Avenue D stehen ein paar Leute auf dem Gehweg vor dem Eingang einer Bar. Allerdings sehen sie anders aus als die Gäste des *Latin in Manhattan*. Blonde Mädchen mit Hornbrillen, dunkelhäutige Frauen in bunten Tops, dazwischen ein paar Rasta-Typen mit Skaterschuhen, die sich zur Begrüßung mit erhobenen Handflächen abklatschen. Connie winkt ein Taxi heran. Die ganze Straße ist erleuchtet von den hellen Dreiecken auf ihren Dächern.

Wir quetschen uns zu dritt auf die Rückbank. Erst im letzten Augenblick sehe ich die Schrift über der Tür des Clubs, an dem wir gerade vorbeigelaufen sind. Es ist ein unscheinbares Schild, handgeschriebene schwarze Buchstaben auf grauem Grund. *The Poets' Bar.*

Nicht dass ich abergläubisch wäre. Aber solche Zufälle gibt es nicht. New York hat Millionen von Einwohnern und sicher Zehntausende von Kneipen, Bars, Clubs, Cafés. Heute Morgen habe ich zum ersten Mal den Namen dieses Clubs gelesen, heute Abend fahre ich an ihm vorbei.

Und dann noch die Sache mit der Freiheitsstatue: die Kopie am Flughafen, das Original auf Liberty Island, danach die Zeichnung auf einem Rucksack. Ich sehe zu Connie hinüber. Sie hat ihre Hände vor das Gesicht gehoben und betrachtet ihre Nägel. Spreizt die Finger, als gehörte es zu einem medizinischen Test. Studiert danach ihre Handflächen, als würde sie darin lesen.

»Connie«, frage ich, »glaubst du an Schicksal?«

»*Absolutely!*«, kommt es ohne Zögern. Ich frage mich, woher sie diese Überzeugung nimmt. Für sie ist alles sonnenklar: Natürlich wird sie irgendwann ganz oben in den Charts mitspielen. Klar gibt es das Schicksal. Zwei plus zwei macht vier. Auch in New York.

Vielleicht ist es wirklich so selbstverständlich. Vielleicht ist das Leben eine Schnitzeljagd, eine Spurensuche, ein Memory-Spiel: zwei gleiche Karten an einem Tag. Ein Flyer und ein Bar-Schild. Das passt.

»Glaubst du an die große Liebe?«

Sie wendet sich mir zu. Weil es so eng auf der Rückbank ist, bohrt sie dabei ihr knochiges Knie in meinen Schenkel. Sie fixiert mich: Meine Haare, lang, sonnengebleicht. Meine Nase, das Himmelfahrtskommando mit Pickel. Meinen Busen. Dort versteckt sich mein Körper am wenigsten. Am Bauch und am Po ist zu viel Fett, dort kann man nur ahnen, wie ich eigentlich aussehen könnte. Manchmal, wenn ich in den Spiegel schaue, kommt es mir vor, als sähe mich meine Mutter daraus an. Dieser leicht unproportionierte Körper, als sei die schmale Taille aus Versehen auf ein paar ausladende Hüften montiert worden.

Connie schielt mich an. Sieht aus, als hätte sie einen Schluck zu viel abbekommen.

»Große Liebe? Findest du Enrico so scharf?«

»Enrico? *Oh, shit!*« Sofort weiß ich, dass ich einen Fehler gemacht habe. Der Misston erstickt das Gespräch. Connies Gesicht zieht sich zu. María lehnt sich zu mir herüber.

»Unsere *boys* sind dir wohl nicht gut genug, wie?«

Auch das noch. Sie halten mich für eine Rassistin. Enrico ist ein Prolet. Ein netter Prolet. Er haut mich nur nicht vom Barhocker. Ich denke angestrengt darüber nach, was Prolet auf Englisch heißt, lang genug, um zu merken, dass es das Schicksal gnädig mit mir meint: Hätte ich das Wort gewusst, wer weiß, was im Taxi los gewesen wäre.

»Doch, wirklich, Enrico ist nett«, sage ich beschwichtigend, »ich dachte aber an jemand anderen.«

»Kenne ich ihn? Hast du mir nicht erzählt, du hättest einen *boyfriend?*«

Gut: Connie ist nicht nachtragend. Schlecht: Connie ist neugierig. Wahrscheinlich habe ich schon zu viel verraten. Besser das Thema wechseln.

»Connie«, sage ich, »Anne hat mir heute gedroht, dass sie mich rausschmeißt. Ich glaube, die würde mich am liebsten einsperren.«

»Hör bloß auf!«, jault Connie gequält, »Mir hält die Alte auch Predigten darüber, was eine Frau tun sollte und was nicht. Dabei muss die in ihrer Jugend 'ne ganz heiße Nummer gewesen sein. Mit halb Manhattan muss die rumgemacht haben, bis sie den ollen Koslowsky geheiratet hat.«

»Echt? Was erzählt sie denn von früher?«

Connie versucht ihre Kniescheiben zwischen Marías rechtem und meinem linken Bein zu befreien. »Den ganzen Hippiequatsch. Freie Liebe, Dreiecksbeziehungen. Die Fehler ihres Lebens. Folgen für sie und andere, die sie nie wieder gutmachen kann. Kannst sie ja selbst fragen.«

»Wenn ich dazu noch komme, eh sie mir den Koffer vor die Tür stellt.«

»Dann pennst du eben bei mir«, sagt Connie. Gähnt und lässt den Kopf in den Nacken fallen.

Vielleicht gehöre ich auch bald zu den Mädchen, die von zu Hause abhauen. Mit nichts als ein paar Schminkstiften, der angebrochenen Pillenpackung und einem Aspirin im Gepäck. Die morgens einen Hamburger vor dem Schaufenster von *Tiffany's* knabbern. Und abends bei einem DJ einziehen.

Oder einem Dichter, einem namenlosen.

Denken wird man das ja wohl noch dürfen. Das ist doch kein Betrug. Es ist genauso harmlos, wie von einer Nacht mit Leonardo DiCaprio zu träumen.

Oder?

Sechs Tage und 18 Stunden, dann sehe ich ihn wieder. Vielleicht kann ich bis dahin zwei Kilo abnehmen. Nur so, nicht seinetwegen, ich muss sowieso aufpassen, dass ich weiter in meine Sommerhosen passe. Also: Ab morgen nur noch einen halben Bagel mit *Lowfat Cottage Cheese* zum Frühstück. Abends Ananas. Außerdem Joghurt mit null Prozent Fett, Milch mit Vitaminzusätzen und keine Pommes aus *Anne's Family Diner* mehr. Ist sowieso ekelhaft: Über Nacht erstarrt das Frittierfett wie gelbliche Lava in den Aluwannen. Wenn ich vormittags in die Küche komme und Connie die Fritteuse anwirft, dann dümpeln darin manchmal noch verkohlte Kartoffelstückchen wie kleine tote Tiere.

5

»Hi, hast du Lust, in der Jury zu sein?«

Null Tage, null Stunden, neunzehn Minuten. Mein privater Countdown ist noch voll im Gange: Der Poetry Slam soll um neun anfangen, auf der Bühne baut gerade jemand ein Mikrofon auf. Und trotzdem steht schon jetzt der Strawberry-Frappuccino-Trinker vor meinem Tisch. Um acht Uhr einundvierzig, neunzehn Minuten bevor ich ihn erwartet habe. Randlose Brille, hohe Wangenknochen, Rastazöpfe. Seit einer Woche habe ich versucht mir sein Gesicht vorzustellen. Immer fehlte ein Detail, als sollte ich ein Gedicht aufsagen, das ich nur flüchtig gelesen habe.

»Hallo, was für eine Überraschung!«

Einer meiner lichteren Momente: Ich tu so, als wäre ich rein zufällig in der Poeten-Bar gelandet. Als sei es das Normalste auf der Welt, dass ich allein in einem Café in New York aufkreuze, um mir Gedichte anzuhören. Ist es ja auch. Sogar Anne hat gesagt, ich sollte schreiben. Warum sollte ich mir nicht vorher anhören, was andere zu Papier bringen?

Mit meinem Top und meinen Caprihosen habe ich allerdings total danebengegriffen. Nicht nur, dass ich fast die einzige Weiße hier drin bin, ich bin auch die Einzige, die etwas Hautenges trägt. Nur weil ich so stolz war, dass ich meine Diät tatsächlich durchgehalten habe und jetzt alles zeigen kann: Schlüsselbeine, Nabel,

Waden. Andererseits: Vielleicht hat er mich auch deshalb ausgesucht. Ich sehe wirklich gut aus so. Jedes Schaufenster auf dem Weg hat mich bestätigt. Ich lächle ihn an und warte auf eine Reaktion. Er schaut mich fragend an. Ich spüre, wie meine Mundwinkel einfrieren. Er hat nicht an mich gedacht, seit diesem Tag neulich im *Starbucks*. Er erkennt mich nicht wieder.

»*Excuse me, but do I know you?*«

»Neulich, im Café. Du hast mir erklärt, wie das geht mit dem Kaffee. Und so. Ich bin Jenny.«

Er wirft den Kopf in den Nacken und lacht. »Ja, ich erinnere mich. Das qualifiziert dich für die Jury: Anfängerin im Coffee Shop. Ich heiße übrigens Leroy. Leroy Kingston Smith.«

Er drückt meine Hand. Seine Haut ist trocken und warm. Schwarz auf der Außenseite seiner Finger, rosig auf der Innenseite. In diese Hände passen nicht nur Schraubenzieher. Auch Stifte.

Er legt einen Block und einen schwarzen Filzschreiber vor mich hin.

»Was soll ich damit?«

»Du vergibst Noten. Null ist für ein Gedicht, das besser nie geschrieben worden wäre. Zehn ist für eins, das dir einen Schauer über den Rücken jagt und Shakespeare alt aussehen lässt.«

»Machst du mit beim Slam?«

»Ich hoffe, du wertest neutral. Obwohl ich dir zu deinem Kaffee verholfen habe.«

Am besten, ich vergebe nur Neuner und Zehnernoten. Oder halt, blamiere ich mich, wenn ich zu hohe Wertungen gebe? Dann kann ich mich höchstens darauf rausreden, dass ich nicht alles verstanden habe. Hoffentlich will er nicht mit mir über seine Gedichte diskutieren, ich verstehe viel zu wenig davon.

Leroy verschwindet im hinteren Teil des Raumes, wo sich die Leute auf den Sprossen einer stählernen Leiter zusammenquetschen. Aus den Lautsprechern singt Janis Joplin einen vertrauten Refrain.

Freedom's just another word for nothing left to lose.

Die Moderatorin trägt Baggypants und jungenhaft kurz geschnittenes Kraushaar. Sie unterstreicht jedes ihrer Worte mit ausholenden Gesten. In der anderen Hand hält sie ein Mikrofon.

»Denkt daran«, beschwört sie das Publikum, »die Leute hier oben geben Jahre ihres Lebens für ihre Poesie, also beurteilt sie gerecht, aber zeigt ihnen eure Liebe, vergesst nicht, dass wir alle eine Familie sind!«

»All right!«, ruft jemand von meinem Nachbartisch. Ein bisschen komme ich mir vor wie bei einer Fernsehpredigt. Gleich werden sie alle aufstehen und den Allmächtigen preisen.

»Please welcome the incredible Willy Lopez!«, schreit das Mädchen stattdessen.

Die Leute an einem Tisch hinten in der Ecke fangen wie auf Kommando an zu jubeln und zu pfeifen, während ein stämmiger Schwarzer in Latzhose auf die Bühne klettert. Er stellt sich breitbeinig hin und fixiert die Zuschauer. Es wird still. Ich erwarte, dass er etwas zu seinen Gedichten sagt. Aber er fängt ohne Vorwarnung an zu brüllen.

»Listen to me!«, befiehlt er, *»I'm gonna tell you the real thing. And remember: I am a poet, and I am sensitive about my shit!«*

Ein Junge vom Nebentisch beugt sich zu mir und deutet auf den Poeten auf der Bühne: »Ganz schön laut, der Typ!«

Irritiert sehe ich mich um, aber die Leute scheinen solche Ansprachen gewöhnt zu sein. Und diese Art von Gedicht: Der Kerl reißt das Mikrofon aus dem Ständer, imitiert zischend einen Bass-Beat und beginnt dann ohne Musik zu rappen. Ich verstehe nicht viel von dem, was er sagt. Es scheint um Polizisten zu gehen, um Rassismus und die amerikanische Regierung. Aber das ist nicht wichtig. Die Stimme wird zum Musikinstrument, Sprache zu einer Melodie, die Menschen um mich herum zu einem Begleitorchester.

Am Ende halten vier Leute im Saal Zettel in die Höhe, auf denen die Wertungen stehen. Und ich. Vorsichtshalber habe ich eine 9 gegeben. *»We have an eight point seven, an eight point three, a nine point seven, a nine point two and a nine«,* brüllt die Moderatorin ins Mikro. Glück gehabt. Nur das mit der Stelle nach dem Komma muss ich mir noch angewöhnen.

Einem älteren Mann, der ein paar ungereimte Verse über seinen Job als Taxifahrer zum Besten gibt, gebe ich ein acht Komma neun. Ein Mädchen, das eine Ballade über ein misshandeltes Kind aus Brooklyn aufsagt, bekommt eine neun Komma drei.

»Es ist eine wahre Geschichte«, sagt sie mit ganz kleiner Stimme, »stand erst vor kurzem in der Zeitung.«

»America's on sale!«, schreit eine Frau und stranguliert das Mikro mit beiden Händen, *»my body's free!« Nine point two? Eight point nine?* Ich versuche mich auf ihre Worte zu konzentrieren.

Aber es gelingt mir nicht. Leroy steht am Bühnenrand und tuschelt mit einer Frau. Einer schönen Frau. Einer Schwarzen mit einem Körper wie einer vollendeten mathematischen Kurve. Er sagt etwas zu ihr, sie lacht leise auf und legt ihm eine Hand auf den Oberarm. Er reagiert nicht darauf, als sei er es gewohnt, dass sie ihn anfasst. Sie hat die gleiche Frisur wie er. Wenn sie die Köpfe zusammenstecken, ist nicht mehr zu erkennen, welche Haare ihm gehören und welche ihr.

Er tritt als Letzter auf die Bühne. Wieder wird es ganz still. Sie scheinen ihn zu kennen. Und auf ihn zu warten. Er fängt leise an zu sprechen.

»Das hier ist für meine Großmutter«, sagt er. »Als sie aus

Trinidad hierher kam, war sie 19. Ihr halbes Leben hat sie damit verbracht, in einer Näherei zu arbeiten und Kinder großzuziehen. Aber sie hat nie aufgehört ihre Insel zu vermissen. Das Geräusch von reifen Früchten, die nachts auf Blechdächer fallen. Vor allem den Tropenregen.« Als er anfängt in seinem weichen Singsang zu sprechen, kann ich es fast hören: Tropfen, die an rostigen Wänden herunterlaufen und im sandigen Untergrund versickern.

Während der Applaus aufbrandet und die Moderatorin dagegen anbrüllt – »*Be here next friday*, schaut euch die Flyer an, nächste Woche ist eine Lesung im *A different light-Bookstore*« –, steuert er direkt auf mich zu und setzt sich an meinen Tisch.

»Du warst ja doch nicht neutral. Ich habe gesehen, wie du mir zehn Punkte gegeben hast!«

Wer war die Frau neben dir?, will ich fragen, aber stattdessen sage ich: »Sieht aus, als wärst du Zweiter geworden. Bist du enttäuscht?«

»Ach was. Es geht nicht um die Punkte. Der entscheidende Punkt, das sind nicht die Punkte, sondern die Gedichte.« Er lehnt sich zurück und hakt die Finger im Hosenbund ein. Sein T-Shirt entblößt ein Stück Bauch, glatt wie die Haut eines selbst gemachten Schokoladenpuddings.

»Schreibst du selbst?«, fragt er.

»Briefe, E-Mails, manchmal in mein Tagebuch. Ich bewundere es, wenn Leute ihre eigenen Texte vortragen. Ich mag es gern, auf der Bühne zu stehen, aber das könnte ich nie.«

»Bist du Schauspielerin?«

»Ich werde mich bald auf der Schauspielschule bewerben.« Noch nie habe ich es so ernst gemeint. Außerdem klingt es gut.

»Aber als Schauspielerin wirst du nie frei sein. Dann bist du eine Sklavin fremder Texte.« Wieder wirft er seinen Kopf beim Lachen zurück.

»Im Gegenteil. Theaterstücke helfen mir mich selbst auszudrücken. Sie schützen mich. Wenn ich Applaus bekomme, dann weiß ich, dass ich gut war. Wenn niemand klatscht, dann sind es zumindest nicht meine eigenen Wörter, die keiner mag.«

Ich höre mir selbst zu, verblüfft über meine Klarheit. Leroy lehnt sich zurück, verschränkt seine Finger, dehnt die Arme, die Handflächen mir zugewandt. Er ist eine große Katze, die mit mir spielt. Ich weiß nicht, was ich von ihm halten soll.

»Du bist sehr ehrlich. Das gefällt mir.«

»Seit ich in New York bin, habe ich mehr Zeit zum Nachdenken.«

»Hör mal, wenn du dich für Gedichte interessierst: Übermorgen Mittag um zwei treffen wir uns im Bryant Park hinter der Public Library zu einer öffentlichen Lesung. Geena Bartoli wird dabei sein. Die hat gerade den Literaturpreis der *Black Poets' Association* gewonnen. Und ich trete auch auf.«

Ich drehe eine Haarlocke um meinen Zeigefinger und wende meinen Blick ab. Hat er eine bedeutungsschwangere Pause vor dem letzten Satz gemacht oder kam es mir nur so vor? Will er mich sehen, sich mit mir verabreden? Oder ist er nur höflich, weil ich mich für Gedichte interessiere?

»Lass mich überlegen, übermorgen?« Ich sehe an ihm vorbei auf die hellen Fugen in der Ziegelwand und versuche an etwas Trauriges zu denken. Ich will nicht, dass meine Stimme zu begeistert klingt. Also stelle ich mir einbeinige Bettler in U-Bahnhöfen vor und Jürgens Hintern in einer bunten Badehose. Schließlich hat mich Connie gestern Abend noch gewarnt. »Wenn dich ein Junge um ein Date bittet, sag bloß nicht sofort Ja. Auch, wenn du darauf gewartet hast. Dann erst recht nicht!«

»Jenny? Wenn es dir übermorgen nicht passt, es geht auch am Wochenende. Wir könnten miteinander essen gehen.«

Es geht ihm also nicht nur um Gedichte, es geht ihm wirklich um ein Date. Jetzt darf ich ihn ungestraft wieder ansehen. Er hat die Augenbrauen angehoben, was seinen weißen Augäpfeln noch mehr Platz macht im dunklen Gesicht.

»Doch«, sage ich langsam, als müsste ich noch immer überlegen, »doch, das passt. Aber ruf mich sicherheitshalber noch mal an. Ich schreibe dir meine Nummer auf.«

In dem Moment bin ich froh, dass mich in New York niemand kennt. Denn ich weiß genau, dass ich nachher meinen Discman aufsetzen und tanzen muss auf dem Nachhauseweg.

Es würde mich nicht wundern, wenn es heute noch regnet. Und wenn ich dabei anfangen würde zu singen.

6

Spazieren gehen in der Stadt ist perfekt, um den Kopf auf Trab zu bringen. Und genau das brauche ich jetzt.

Zu Hause habe ich immer die gleichen Strecken. Der Weg von McDonald's hinter dem Martinstor bis zum Kaufhaus Breuninger kurz vor dem Siegesdenkmal reicht, um über eine Diskussion mit Jürgen nachzudenken. Von der Schlossberggarage bis zur *Jackson Pollock Bar* ist es weit genug, wenn ich etwas von meinen Eltern will und nicht weiß, wie ich ihnen meinen Wunsch am besten verkaufen soll. Und auf den Lorettoberg gehe ich, wenn ich das Gefühl habe, den Überblick in meinem eigenen Leben zu verlieren, weil sich Kleinigkeiten in seiner Mitte aufgetürmt haben. Drei Klausuren in zwei Tagen. Ein Streit mit meiner Freundin Sandra. Eine Hose, die nicht mehr passt. Ein Ferienjob, den ich nicht bekomme. Dort oben ist ein kleiner Aussichtsturm, von dem aus ich das Haus meiner Eltern sehen kann. Meinen Balkon mit der Birke davor. Es beruhigt und beunruhigt mich zugleich, dass das alles so klein aussieht von hier oben. Und so leicht mit dem Nachbarhaus zu verwechseln ist.

New York ist wie gemacht für meine Gedankenläufe. Die Stadt ist schließlich groß genug. Wenn ich den Überblick verlieren sollte, könnte ich mit dem Lift auf das Empire State Building fahren. Nachzudenken gibt es genug. Die aktuellste Frage ist, wie ich Anne am besten aus dem Weg gehe. Heute früh hat sie mir in der Küche aufgelauert und sich beschwert, dass ich erst um halb eins zu Hause war. Zwar hat sie mittlerweile eingesehen, dass ich auf ihre Begleitung keinen Weg lege, aber sie verlangt noch immer, dass ich ihr sage, wo ich bin und wann ich wiederkomme.

Ich verlasse das Haus durch den Haupteingang und schlage einen Haken auf die andere Straßenseite, damit ich nicht direkt am Fenster des Diners vorbeilaufe. Dann mache ich einen Bogen in Richtung U-Bahn. Beinahe jeden Tag laufe ich diese drei Blocks. Je mehr ich von New York gesehen habe, desto weniger verstehe ich, wie jemand freiwillig in Queens leben kann. Nicht dass Queens besonders gefährlich wäre oder besonders schmutzig. Es ist nur sterbenslangweilig. Ich würde das nicht ertragen auf die Dauer. Als stünde man im Regen vor einem Club mit Glastüren, könnte alles sehen und käme nicht rein. Der East River schneidet Queens vom Leben ab.

Ich will nicht ungerecht sein. Sagen wir, Manhattan ist extrem, Queens ist normal. Die Häuser haben keine 20 Stockwerke, sondern höchstens fünf oder sechs, wenigstens hier in Jackson Heights. Die Eingangstüren sind mit Rosen umwuchert, die Fenster mit schmiedeeisernen Gittern geschützt. Ahornbäume säumen die Bürgersteige. Jeden Morgen begegnen sich die gleichen älteren Leute und reden über das Wetter, während ihre Hunde immer am gleichen Stamm ihr Revier markieren. In Manhattan ist das anders, da kommen mir ab und zu junge Typen mit einem ganzen Rudel an der Leine entgegen. Die meisten Herrchen sind zu beschäftigt, um selbst mit ihren Hunden Gassi zu gehen. In Manhattan ist eben alles anders.

Auf der Roosevelt Avenue drängeln sich Läden aneinander, aber ich bin noch in keinen reingegangen. Torten in Plastikfarben drehen sich auf mehrstöckigen Plexiglasgestellen. In den Schaufenstern stehen falsche Goldrahmen voll lächelnder dunkelhaariger Brautpaare. Die Frauen sehen aus, als wären es Connies Schwestern. Im Geschenkladen gegenüber von *Anne's Family Diner* gibt's sogar Souvenirs: die Freiheitsstatue auf Zinntellern, auf dem Zifferblatt eines Weckers, auf Aschenbechern. Ich frage mich, womit die ihr Geld verdienen. Welcher New-York-Tourist verirrt sich schon nach Queens? Das ist auch das einzig Positive. Ich betone es jedes Mal, wenn ich E-Mails an Sandra in Freiburg schicke. »Ich bin hier mittendrin im wirklichen Leben. Eine total untouristische Gegend.«

Unter der Hochbahnbrücke, von der Fangnetze voller Taubenscheiße hängen, stehen dunkelhäutige Männer mit Baseballmützen und pfeifen mir nach. »*Hola, chica! Qué guapa!* Komm mal her, meine Hübsche!« Ich steige die verdreckten Betontreppen hinunter zur U-Bahn, ziehe meine *Metrocard* durch den Leseschlitz. Das Drehkreuz öffnet sich mit einem zirpenden Geräusch. *Trains to Manhattan* prangt in weißen Steinchen inmitten eines blauen Rechteckes an der Wand. Die Schrift steht da wie ein Versprechen.

In der Bahn setze ich mich neben ein dickes, dunkelhäutiges Paar mit einem Kind. Die Frau kaut mit offenem Mund Kaugummi und schmatzt laut. Die Füße des Jungen ragen gerade eben über die Sitzkante. Er lehnt sich an und inspiziert seine Zehen in den Plastiksandalen. Eine ganze Gang hat sich auf der Rücklehne verewigt. Ich kann sie verstehen. In dieser großen Stadt hätte ich auf die Dauer auch Angst, übersehen zu werden, und würde alles mit meinen Graffiti und Namenszeichen voll malen. Zum Beweis, dass es mich gibt.

Der kleine Junge dreht sich um, kniet sich hin und presst seine Nase gegen die schwach spiegelnde Fensterscheibe. Die Mutter packt mit einer fleischigen Hand nach dem Nacken ihres Sohnes, als wäre er ein Kätzchen, zerrt an seinem Kragen, versucht ihn wieder richtig herum hinzusetzen. Dabei zischt sie ihm etwas zu.

Zwischen ihren Brüsten baumelt ein Kreuz mit roten Glassteinchen. Sie ist jung. Auf keinen Fall älter als ich.

Ich steige an der Christopher Street aus, in Greenwich Village. Das Mosaik mit dem Namen der Haltestelle gefällt mir besonders gut. Hier muss das Schwulenviertel sein. Flaggen in Regenbogenfarben hängen in Fenstern und von den Balkonen der Häuser. Auf schmiedeeisernen Parkbänken sitzen kahl rasierte Männer in Lederhosen. Fleischbeschau von Mann zu Mann. Perfekt: Ich kann spazieren gehen, mich konzentrieren und dabei unsichtbar sein. Als hätte ich eine Tarnkappe auf. Keiner schaut den Frauen auf der Straße nach, die sich bewegen, als hätten sie ihren freien Tag. Nur der Getränkelieferant im roten Overall heftet seinen Blick an die nackten Waden einer Blondine, während er leere Kisten auf seinen Handwagen lädt. Er scheint nicht auf Männer zu stehen. Aber er wohnt ja auch nicht hier.

Sogar der Eckladen für Vitaminpräparate und Nahrungsergänzung wirbt mit einem überlebensgroßen Schwarzweißfoto eines Männerkörpers, nackt vom Nabel bis zur Halsbeuge. Der Kopf ist abgeschnitten. Unwillkürlich frage ich mich, was sich unter Leroys Shirts verbirgt. Dann denke ich an die erste Jungenbrust, die ich je angefasst habe. Ein Kuss auf einem Balkon und eine Hand, die meine unter ein T-Shirt zieht. Ein Bauch, der sich anfühlte wie ein mit Seide bezogenes Luftkissen.

Es gibt nichts, was ich vor Jürgen verbergen müsste. Noch nicht. Ich werde morgen in den Bryant Park gehen, mir ein paar Gedichte anhören, es ist nichts dabei. Noch kann ich ohne schlechtes Gewissen Jürgens *New York-Auszeit*-Cassette in den knallgelben Ghettoblaster in meinem dunklen Zimmer schieben und von Leroy träumen, wenn Portishead *It could be sweet* singt. Gedanken sind frei. Nur dass ich Leroy keine fünf Minuten aus meinem Kopf bekomme, macht mir allmählich Sorgen.

Bei jedem Café, an dem ich vorbeikomme, stelle ich mir vor, wie wir gemeinsam am Tresen stehen. Bei jedem T-Shirt in einem Schaufenster frage ich mich, wie es ihm stehen würde. Und als auf der anderen Straßenseite ein Mann mit Rastalocken aus einer Eingangstür tritt, stockt mir der Atem, als sei ich eine Figur aus einem schlechten Roman. Dabei ist es unmöglich, ihn zu verwechseln. Der Typ ist viel kleiner als Leroy. Und die verfilzten Haare sind blond.

Ich sehe dem Blonden nach, als er um die Ecke der Bleecker Street biegt. Über der Tür, aus der er gerade getreten ist, hängt ein Schild mit handgemalten Buchstaben. *Madame Lucy, Tarot & Palm Reading.* Ich gehe über die Straße ohne nach rechts und links zu schauen. Ein Fahrradfahrer in Shorts, die seine Pobacken fast ganz freilassen, muss mir ausweichen und wirft mir einen grimmigen Blick über die Schulter zu.

Im Schaufenster des Ladengeschäftes klebt eine Preisliste, ähnlich wie bei Friseuren. Nur dass es hier nicht um Strähnchen und Dauerwellen geht. Eine kurze Tarotkartensitzung kostet fünf Dollar, Handlesen 15 Dollar, ein persönliches Horoskop 75 Dollar. Der Raum hinter der Scheibe ist zu dunkel, um von der Straße aus viel zu erkennen. Nur die Katze kann ich sehen, die auf der Heizung liegt und ihr getigertes Fell ans Fenster presst.

Ich bin nicht abergläubisch. Aber manche Zufälle sind einfach zu deutlich, um nur Zufälle zu sein. Das hier ist so einer. Warum sollte ein Typ mit Rastalocken in dem Moment aus Madame Lucys Tür kommen, in dem ich vorbeilaufe und nicht aufhören kann an Leroy zu denken? Fünf Dollar für ein paar Tarotkarten kann ich mir leisten. Vielleicht weiß die Frau mehr als andere. Mehr als ich.

Madame Lucy sitzt hinter einem Bistrotischchen auf einem abgewetzten Plüschsessel. »Gut, dass du gekommen bist«, sagt sie, steht auf und reicht mir eine weiche, kleine Hand. Sie hat einen blonden Pferdeschwanz und eine spitze Nase. Natürlich ist mir klar, dass moderne Hexen keine Warzen auf dem Kinn haben und keine Raben auf der Schulter tragen. Aber ich hätte nicht gedacht, dass sie aussehen würden wie Kosmetikverkäuferinnen in einem Ramschkaufhaus. Auf dem Ärmel ihres T-Shirts glänzt ein feuchter Fleck, als hätte sie vorhin noch ein sabberndes Baby auf dem Arm gehalten.

Sie zieht die nachtblauen Vorhänge zur Straße zu und zündet eine Duftkerze an. Dann nimmt sie wieder auf dem Plüschsessel Platz, kreuzt die nackten Füße und bietet mir einen Stuhl gegenüber an. »Ich hätte gern einmal die Tarotkarten«, sage ich und unterdrücke ein Kichern. Klingt wie: »Einmal waschen und legen, bitte.«

Madame Lucy greift nach einem Kartenset und mischt mit der linken Hand. Der Vanilleduft der Kerze breitet sich langsam im Zimmer aus. Im Wandregal kann ich im Halbdunkel Kristalle in allen möglichen Größen und Farben erkennen. Auf der obersten Ablage thront ein kleiner goldener Buddha und grinst selbstvergessen.

Ich warte darauf, dass ich ihr eine Frage stellen soll. Aber sie schweigt und knetet die Karten mit gespreizten Fingern wie einen Hefeteig. Dann schließt sie die Augen und zieht die erste. Ich habe ihr nichts von mir erzählt.

Sie deckt die Karte auf. Ein Ritter in Rüstung sitzt mit gezücktem Schwert auf seinem Pferd.

»In deinem Leben stehen große Entscheidungen bevor«, sagt sie. »Du bist nach New York gekommen, um etwas zu suchen. Das ist ein Denkfehler. Suchen hat keinen Sinn. Du kannst nur gefunden werden.«

Ich bin aufgeregt und enttäuscht zugleich. Hat sie nur meinen deutschen Akzent herausgehört und mein Alter richtig geschätzt?

Dass sie eine Karte mit meinem Nachnamen gezogen hat, ist ihr nicht bewusst. Wahrscheinlich sind die meisten 19-Jährigen mit Lebensentscheidungen beschäftigt. So legt sie sich ihre Deutung zurecht.

»Geht es dabei um Liebe? Oder darum, was ich aus meinem Leben machen soll?«

Madame Lucy fuchtelt mit der linken Hand, als wollte sie eine Fliege verscheuchen. »Warte, noch nicht. Du kannst Fragen stellen, wenn die Sitzung vorbei ist.«

Sie zieht noch drei Mal. Sie tut es mechanisch, als würde sie Strümpfe im Wäschekorb sortieren. Lässt mich die erste davon umdrehen. *Die Hohepriesterin*.

Ich kenne Tarotkarten. Früher habe ich sie an verregneten Sonntagnachmittagen mit meiner Mutter gelegt. Als sie noch alles über mich wissen durfte und wir gemeinsam vor dem Telefon fieberten, wenn ich auf einen Anruf wartete. Das muss mindestens fünf Jahre her sein. Madame Lucy benutzt allerdings ein anderes Blatt mit anderen Zeichnungen. Die Hohepriesterin in diesem Kartenset erinnert mich an die Mutter aus der Talkshow. Die so unglücklich war über die Tochter, die sie nicht liebt.

»Diese hier steht für eine Figur, die in deinem Leben wichtig sein wird. Eine Frau. Wahrscheinlich weißt du noch nicht, dass sie dich beeinflussen wird. Du möchtest ihr entgehen. Aber ob du willst oder nicht, du wirst etwas von ihr lernen.«

Ich lehne mich zurück und verschränke die Finger im Schoß. Die fünf Dollar hätte ich lieber in einen Bagel mit Thunfischsalat investieren sollen. Allerdings hätte das meine Diätpläne durchkreuzt. »Die Hohepriesterin bedeutet noch etwas anderes. Menschen sind nicht, was sie scheinen. Du glaubst, du weißt, was in ihren Köpfen vorgeht. Aber du kennst nicht einmal die, die dir nah sind.«

Gleich muss ich gähnen. Das ist so erhellend wie Sinnsprüche auf Zuckertütchen.

Sie dreht die letzten Karten um. Ein Wagenlenker mit Brustpanzer, der seine Pferde zügelt. Und ein Clown, der am Abgrund tänzelt, eine Blume in der Hand.

»Dein Leben steht am Scheideweg. Es gibt zwei Richtungen. Die der Kontrolle, der Sicherheit. Die des Spiels und der Hingabe. Wie auch immer du dich entscheidest, du wirst es ganz tun und deinen Weg mit Leidenschaft gehen. Zwei sehr mächtige Karten sind in deinem Blatt.« Jetzt bin ich doch beeindruckt. Zwei Sätze, und sie hat meine englischen Lieblingswörter darin gebraucht. Wörter wie Musik. *Play and surrender. Passion.*

»Kann ich jetzt Fragen stellen?«

Sie nickt. Im Zimmer hinter uns beginnt ein Baby zu schreien. Madame Lucy springt auf und kommt rasch mit dem sabbernden Säugling zurück. Hatte ich also Recht mit dem feuchten Fleck. Sie entblößt eine riesige, dunkelrote Brustwarze und schiebt sie zwischen die Lippen des Kindes.

»Bitte«, sagt sie, *»go ahead.«* Aber als ich den kleinen Wulst unter ihrem T-Shirt bemerke, wo der Stillbüstenhalter in die Haut einschneidet, kann ich beim besten Willen nicht mehr daran glauben, dass sie besondere Fähigkeiten hat. Vielleicht ist es ja tatsächlich vorherbestimmt, ob ich auf einer Theaterbühne oder in einer Kanzlei lande. Und ob zwischen Leroy und mir noch etwas passiert oder ob ich irgendwann Jürgen heirate. Aber selbst wenn, dann ist Madame Lucy die letzte Person, die darüber Bescheid weiß.

Ich schüttele den Kopf, lege das Geld auf den Bistrotisch und bedanke mich. Jetzt wird sie geschäftstüchtig: Bietet mir einen der Kristalle an, den ich jeden Abend 15 Minuten über meinem Nabel kreisen lassen sollte, um mein inneres Gleichgewicht zu finden: 30 Dollar. Ein Ölfläschchen mit Vanillearoma, um meine Lebenskraft zu stärken: 35,50 Dollar. Eine Zeremonie, mit der ich geheilt und gereinigt werde: 750 Dollar. Ich verabschiede mich eilig und stolpere auf die Straße. Tageslicht blendet mich.

Als sich meine Pupillen an die Helligkeit gewöhnt haben, fällt mir die Auslage eines Zeitungskiosks ins Auge. Direkt vor dem Sichtfenster, hinter dem ein untersetzter, schnurrbärtiger Verkäufer vor sich hin schwitzt, liegt ein Stapel druckfrischer Stadtmagazine. *New York's complete entertainment guide* – das ist genau das, was ich brauche. Erst als ich nach dem Heft greife, bemerke ich die Titelzeile. *Jobs, jobs, jobs: How to survive in the city.*

Die Worte treffen mich mehr als Madame Lucys esoterische Gummibandsätze. Plötzlich habe ich wieder meinen Vater vor Augen, wie er seine Fingernägel in den geriffelten Stiel des Weinglases bohrt. *Vielleicht wird dir in New York klarer, was du mit deinem Leben machen willst.* Und was mache ich? Ich denke nur darüber nach, wie sich wohl Leroys Rückenmuskeln unter meinen Händen anfühlen würden.

Ich zähle 2,75 Dollar ab, rolle die Zeitschrift mit der Titelseite nach innen ein und sehe mich nach dem U-Bahn-Schild um. Als ich auf die Straße trete, quietschen Reifen, ein roter Chevrolet hupt, ein Typ mit grauem Pferdeschwanz lehnt sich aus dem Fenster und deutet mit zwei Fingern auf seine Augen.

»Hast du dich schon mal gefragt, wozu du diese Dinger im Gesicht hast?« Eines muss man Madame Lucy lassen: Mit der Narrenkarte hatte sie Recht.

Direkt an der Straßenecke mit dem U-Bahn-Eingang liegt ein Internetcafé mit Kuchentheke, und ich esse ein Bananen-Nuss-Muffin, während ich meine E-Mail abrufe. »Ich habe ein altes *Prince*-Album auf dem Plattenflohmarkt ersteigert!« – eine Erfolgsmeldung von Jürgen. E-Mails sind schon eine praktische

Angelegenheit, ich glaube, zu einem handgeschriebenen Brief nach New York hätte er sich nicht aufgerafft. Dabei mag ich seine Handschrift, sie ist so schön geschwungen, fast wie die eines Mädchens. Als wir frisch zusammen waren, bekam ich manchmal Postkarten.

Auch Sandra hat gemailt. »Hi, Süße, alles klar? Was macht die New Yorker Männerwelt?« Das überrascht mich nicht. Für Sandra ist Jürgen immer nur die »Spaßbremse«, sie ist überzeugt, dass ich mich in New York in einen Schauspieler verliebe oder einen Musiker. Sandra wohnt in einer WG, seitdem sie in der elften Klasse ist. Ist mit Pauken und Trompeten zu Hause ausgezogen, weil ihre Mutter wollte, dass sie während der Woche spätestens um Mitternacht zu Hause ist. »Ich hab verdammt noch mal das Recht, meine eigenen Fehler zu machen!«, konterte sie, als ich sie fragte, ob sie sich das gut überlegt hat. Ich bewundere sie, sie hat so viel mehr Stil als ich. Trinkt keinen Filterkaffee, nur Espresso, und lässt sich von ihren Verehrern Parfüm aus Frankreich mitbringen. »Stell dir vor, Sweetie«, schreibe ich zurück, »ich habe tatsächlich jemand kennen gelernt und war ganz schön in Versuchung. Aber ich glaube, jetzt hab ich mich wieder beruhigt. Er heißt übrigens Leroy. Ein toller Name für einen tollen Menschen.«

Während ich die Worte in die Tasten tippe, komme ich mir vor wie eine Geisterbeschwörerin.

7

Zum dritten Mal in dieser Nacht wache ich auf. Die Decke liegt warm und schlaff auf mir wie ein schlaftrunkener Körper und ich brauche einen Moment, um mich aus der Stoffumarmung zu befreien. Die Digitaluhr mit den roten Zeigern neben meinem Bett zeigt vier Uhr an. Noch zehn Stunden bis zur Lesung im Bryant Park. Die Zeit schleicht, als säße ich eingezwängt in der mittleren Reihe eines Flugzeuges auf Langstrecke. Mit dem Unterschied, dass ich dort wenigstens zwei Filme anschauen könnte. Und dem Ende des Fluges mit größerer Gelassenheit entgegensehen würde.

Ich stehe auf, ziehe meine Jeans an und schleiche über den Flur auf die Toilette. Dabei mache ich kein Licht an. Bloß nichts tun, was Anne aufwecken könnte. Es ist stockfinster und so taste ich mich an der Wand entlang, bis ich einen Türknopf in der Hand habe. Mit der linken Hand fingere ich nach dem Lichtschalter. Plötzlich wird mir klar, dass ich hier falsch bin. Unter meinen Füßen sind keine Kacheln, da ist Teppichboden.

Ich stehe im einzigen Raum der Wohnung, den ich noch nicht kenne. Ich habe Anne noch nie hineingehen sehen. Das Zimmer ist anders als die anderen. Keine Häkeldeckchen, keine Aquarelle mit Pferden und blühenden Bäumen an der Wand. Es sieht eher aus wie eine Studentenbude. In der Ecke steht ein Cordsofa mit einem bunten Überwurf und ein schwarz lackierter Garderobenständer voller Hüte. Breitkrempige, lilafarbene, eine Baskenmütze, ein Sombrero mit einem Stoffband. Daneben steht ein hölzerner Schreibtisch, auf dem ein Stapel Briefe liegt und ein Buch mit dem Titel *New York Poetry*. Das war es wohl, was sie mir geben wollte. Als ich es aufschlage, springen mich ein paar Zeilen an. *I'm over the bridge now, I'm on the other shore now, I've reached the other side.* Ein Gedicht von Allen Ginsberg über die Brooklyn Bridge. Gleich an ihrem einen Ende liegt der Coffee Shop, in dem ich Leroy kennen gelernt habe.

An den Wänden hängen gelbstichige Farbfotos. Die Motive sind zum Verwechseln ähnlich: Eine Frau und ein Mann sitzen mal im Gras und spielen Gitarre, mal halten sie sich über einen Kneipentisch hinweg an den Händen. Auf einem Bild winken sie aus den Fenstern eines Greyhound-Busses. Der Mann sieht ein bisschen aus wie die eine Hälfte von Simon und Garfunkel, der mit den rotblonden Locken. Die Frau hätte ich nicht erkannt, wenn sie nicht auf dem Gitarrenfoto einen roten Batikrock angehabt hätte.

Es ist Anne.

Anne, so wie mein Vater sie beschrieben hat. Und wie ich sie mir vorgestellt habe. Sie kann nicht viel älter sein, als ich es jetzt bin. Und sie sieht mir ein bisschen ähnlich auf den Fotos. Um gerecht zu sein: Sie ist hübscher als ich. Es ist die Haut, die sie zerbrechlich aussehen lässt. Aristokratisch. Auf einem der Bilder schimmert eine bläuliche Ader an ihrer Schläfe. Ich kann mir vorstellen, dass sie den Mann mit dieser Stelle ganz verrückt gemacht hat. Wenn ich sie das nächste Mal sehe, werde ich auf ihre Stirn achten.

»Die muss in ihrer Jugend eine ganz heiße Nummer gewesen sein. Mit halb Manhattan soll die rumgemacht haben«, hat Connie erzählt. Aber auf den Bildern ist immer derselbe Mann zu sehen.

Sie strahlt ihn an, als würde ihr Kopf auseinander brechen, wenn sie ihre Mundwinkel nur noch einen Milimeter weiter auseinander zöge. So sieht man nur jemanden an, den man liebt. Vielleicht weiß mein Vater mehr über ihn. Sieht so aus, als wäre er das Thema einer Unterhaltung zwischen New York und San Francisco gewesen. Plötzlich schäme ich mich, als hätte ich in einem fremden Tagebuch gelesen.

Auf der Innenseite der Tür hängt das größte Foto im Raum. Auch diese Aufnahme muss über 20 Jahre alt sein, das Papier ist an den Ecken gewellt. Es ist eine Porträtaufnahme von Anne. Sie steht mit erhobenem Kopf auf einem Mäuerchen. Das Abendlicht schimmert durch ihr Haar. Den rechten Arm hat sie über dem Kopf erhoben wie die Freiheitsstatue. In der Hand hält sie eine Sonnenblume. Quer über das Bild steht etwas in einer steilen Männerhandschrift, aber die Buchstaben sind ausgeblichen. Ich gehe so nah an das Bild, dass ich die Einkerbungen des Kugelschreibers erkennen kann. So kann ich es lesen.

I love you, Lady Liberty.

»Mami, bist du's?«

»Da hab ich wohl Glück gehabt. Ich hätte gar nicht gedacht, dass ich dich um zwölf Uhr mittags erwische.«

»Ich bin auch gerade auf dem Sprung. Eine Dichterlesung in einem Park.«

»Was, du und Dichterlesung? Entdeckst du plötzlich deine poetische Ader?«

Nicht einmal das hätte ich sagen sollen. Jedes Wort kann mich verraten. Dabei wollte ich unverfänglich klingen. Gut, dass es keine Bildtelefone gibt. Wenn sie mich so sehen könnte, mit dem bauchfreien Top und der Hochsteckfrisur, sie würde mir nicht glauben, dass ich *nicht* zu einem Date gehe. Obwohl ich schon wieder unsicher bin, ob es überhaupt ein Date ist. Oder ob Leroy nur höflich sein wollte. Einerseits hoffe ich das. Aber gleichzeitig bete ich darum, dass er gestern Nacht an mich gedacht hat und nicht schlafen konnte.

»Und, alles klar bei dir?« Gott sei Dank, sie hat von selbst das Thema gewechselt. Ich begutachte mich im Spiegel. Stecke einen Finger in meinen Nabel.

»Geht so. Ich habe immer noch Krach mit Anne.«

»Sie möchte, dass du ihr sagst, wo du dich rumtreibst.«

»Wie meinst du das, rumtreiben?«

»Dein Vater hat gestern mit ihr telefoniert. Als du nicht da warst.«

Damit hätte ich rechnen können. Trotzdem fühlt es sich an wie eine Faust im Magen. Sie reden hinter meinem Rücken. Reden über mich wie über ein schwer erziehbares Kind. Die Erwachsenen. Und ich dachte, ich bin eine von ihnen.

»So, sie hat sich also über mich beschwert. Oder erzählt, dass sie mich rauswerfen will. Das meint sie nicht ernst.«

»Jennylein«, sagt sie, ihre Stimme zittert ein bisschen. Auch das noch: Tränenalarm. »Jennylein, ich mach mir Sorgen um dich.«

Ich sehe ihr Gesicht genau vor mir: die Falten neben ihren Mundwinkeln, die sich dehnen wie Gummibänder, kurz bevor sie in Tränen ausbricht. Dabei spüre ich, wie sich der Regler meiner Stimmbänder auf »eisig« herunterdreht. Ich kann meinen Tonfall schon hören, bevor ich etwas gesagt habe. Gerne würde ich sie »Mutz« nennen wie früher und etwas Liebes antworten. Aber es ist körperlich unmöglich.

»Lass mal gut sein, schlimmstenfalls komme ich bei einer Freundin unter.«

»Bei einer Freundin? Was für einer Freundin denn?«

»Kennst du nicht«, sage ich und bin erstaunt, dass sie zu lachen anfängt, nachdem ich gerade noch dachte, sie würde in Tränen ausbrechen.

»Na, das hätte ich mir gerade noch denken können. Im Ernst, das kann doch nicht so schwierig sein, sich zu arrangieren. Tu Anne doch mal einen Gefallen, dabei fällt dir doch kein Zacken aus der Krone.«

»Ja, vielleicht, kann schon sein.«

»Ach, übrigens, was ich dir noch erzählen wollte, ich habe gestern Jürgen getroffen. Saß mit so einem blondierten Typen draußen vor dem *Café Forum*. Und weißt du was, er hat ganz komisch reagiert, als ich ihm auf die Schulter getippt habe! Konnte mir kaum in die Augen schauen, als wäre es ihm peinlich, dass er mich kennt. Ich meine, vor dem anderen Jungen. Kannst du dir das erklären?«

Warum muss sie jetzt ausgerechnet Jürgen erwähnen? »Nee, kann ich nicht. Wahrscheinlich war das Christoph, das ist auch so ein Plattensammler.«

»Stimmt was nicht? Ich meine mit Jürgen? Du klingst so komisch!«

»Doch doch, alles prima. Ich muss jetzt aber wirklich los, sonst krieg ich die Lesung nicht mehr mit.«

»Wann bist du denn zurück von deiner Veranstaltung? Vielleicht können wir später noch mal telefonieren.«

»Sorry, aber da ist so ein Geräusch in der Leitung, ich kann dich kaum noch verstehen. Bye, Mami, gib Papa einen Kuss.«

Bei den letzten Worten klingt meine Stimme wieder richtig liebevoll. Na also, geht doch.

Im Rückspiegel eines parkenden Autos auf der 5th Avenue ziehe ich mir die Lippen nach. Es ist so heiß, dass mein Gesicht beinahe schmilzt. Meine Sonnenbrille rutscht mir von der Nase, das sind wahrscheinlich die ersten Auflösungserscheinungen. Ich muss sie festhalten auf dem Weg zur Public Library.

Es ist fast drei Uhr, als ich ankomme. Leicht gefallen ist mir die Verspätung nicht. 20 Minuten habe ich bei *The Gap* T-Shirts anprobiert, danach bei *Barnes & Noble* einen alten Mann im Rollstuhl beobachtet, der sich Bildbände mit Flaggen und Waffen in der Abteilung *Americana* anschaute. Im Regal *Self Improvement* habe ich das *Zehn-Punkte-Programm für mehr Selbstbewusstsein, besseren Sex und eine steile Karriere* gefunden. Erst kurz vor der Kasse habe ich gemerkt, dass es nur für Männer geschrieben war, und habe es unauffällig auf den Stapel mit den Bestsellern gelegt.

Weil mir danach nichts mehr einfiel, war ich schon wieder in einem Internet-Café. *You have one new mail.* Sandra schreibt, wie sie spricht. Schnell, spitz, ohne Punkt und Komma. »Was heißt denn hier, du hast dich wieder beruhigt? Probier es doch wenigstens aus!!! Ich will ja nicht klingen wie meine eigene Mutter, aber du bist nur einmal jung, hinterher ärgerst du dich, wenn Jürgen dir wieder den ganzen Abend neben der Tanzfläche was von seinen Computerspielen ins Ohr brüllt!«

Jetzt ist die Lesung sicher bald vorbei. Aber Leroy soll auf keinen Fall merken, wie ich mich gefreut habe. Die Wiese ist kaum zu erkennen, denn überall sind Leute. Sie liegen oder sitzen auf Handtüchern und Wolldecken, trinken geeisten Milchkaffee aus durchsichtigen Bechern und hören der Dichterin zu, die vorne auf einem Rednerpult steht. Ich setze mich am Rand ins Gras und zwinge mich, nicht nach Leroy zu schauen. Er wird mich schon suchen. Wenn ihm wirklich etwas an mir liegt.

Die Frau auf dem Pult muss Geena Bartoli sein. Ein schmaler kleiner Körper in einer streng geschnittenen Hose und einem schwarzen Hemd. Eine randlose Brille, schwarze Kringel auf dem Kopf. Kein Fett, kein Schmuck, keine Farben. Nichts an ihr ist zu viel. Ihre Texte klingen nach Blues. Nach verregneten Nachmittagen auf einem zerschlissenen Sofa. Sie erzählen von Wut. Von Brennscheren am Ohr, Brandblasen, wenn Mütter versuchen das Kraushaar ihrer kleinen Töchter zu glätten. Und von Liebe.

Ich schließe die Augen und lasse mich mittragen. Nach ein paar Minuten tippt mir jemand auf die Schulter. Ich erkenne den Geruch blind. Eine Hautcreme, das Leder seiner Schuhe, etwas in seinen Haaren. Ob alle Menschen einen so ausgeprägten Duft haben? Warum kann man manche von ihnen nicht riechen?

Leroy hockt vor mir im Gras, den linken Ellenbogen auf den Knien abgestützt. Mit der rechten Hand rückt er seine Brille zurecht. Sie hat dunkel getönte Gläser, ist aber genau so klein und rund wie die andere.

»Magst du Chili?«

Wie kommt er auf diese Frage?

»Klar. Wenn's schön scharf ist.«

»Fein. Lydia kann das perfekt. Dann komm doch nachher mit uns nach Hause.«

Also doch.

Rasta & Rasta.

L & L.

Glück gehabt, versuche ich mir einzureden, die ganze Geschichte mit Leroy ist also völlig unverfänglich, gleich morgen werde ich Jürgen anrufen und ihm erzählen, dass ich ein nettes Dichterpärchen kennen gelernt habe. Es nützt nichts. Der Nachmittag verschwimmt, meine Zunge schmeckt salzig.

Ich habe es mir am Abend in der *Poets' Bar* schon gedacht, und tatsächlich, ich habe richtig geraten. Der Hauptgewinn in diesem Quiz: ein Abend mit einem Poetenpärchen. Worüber werden wir reden? Über meinen *boyfriend* und seine Arbeit bei einer Versicherung? Werden sich die beiden über einen Holztisch hinweg bedeutungsschwangere Blicke zuwerfen: Wenn *die Europäerin* weg ist, werde ich dich zwischen leeren Chilitöpfen küssen, dich an den Hüften packen und auf die Spüle stemmen? Das Leben strengt sich nicht besonders dabei an, mich zu finden. Ich hätte Madame Lucy einen seelentröstenden Kristall abkaufen sollen.

»Wer ist Lydia?«, frage ich lahm.

»Wir wohnen zusammen und sie ist im gleichen Slam-Team wie ich. Vielleicht hast du sie neulich gesehen, als du in der Jury warst.«

Er steht auf.

»Wo willst du hin?«

»Den Blumenstrauß für Geena holen.«

»Ist die Lesung schon vorbei?«

»Leider. Schade, es hätte mich interessiert, was du von meiner neuen Performance hältst.«

Er winkt mir zu, macht einen Schritt und dreht sich wieder um.

»Jenny?«

Ich blinzle gegen das Sonnenlicht.

»Ist was? Du guckst so traurig?«

Ich schüttele den Kopf.

»Wäre toll, wenn du mitkommst, dann ist die Bude richtig voll. Lydias Freund aus Washington ist auch noch da.«

Lydias Freund? Da hab ich mich wohl verhört.

Ich dachte, du bist mit ihr zusammen?, will ich fragen, verschlucke den Satz aber im letzten Moment.

»Das ist wohl eine ziemlich große ... also, ich meine, viele Leute in der Wohnung ...« Ich höre mich selbst unzusammenhängende Wörter auf Englisch stammeln. Er geht elegant darüber hinweg.

»Stimmt. Ein Kunststudent, eine Maskenbildnerin, eine Dichterin, ein alter Hippie. Und ein Fahrradkurier«, fügt er mit falscher Bescheidenheit hinzu. Dabei richtet er sich auf. Es scheint, als würde er mir im Weggehen zuzwinkern. Schade, dass er eine Sonnenbrille trägt.

Nach ein paar Metern dreht er sich noch mal zu mir.

»Und wehe, du läufst weg!«

Ich lasse mich rücklings ins Gras fallen und lausche dem letzten Satz nach, den Worten, dem Befehlston, der keinen Widerspruch duldet. Endlich ein Mann, der weiß, was er will! Jürgen hat noch nie so mit mir gesprochen. Jürgen ist gemacht aus Schulterzucken, schiefem Grinsen, gesenkten Schultern. Jürgen ist weit weg, und ich bin hier und die Sonne scheint auf meinen Nabel. Ein Dichter aus New York möchte wissen, was ich von seinen Gedichten halte. Ich weiß, wie man bei *Starbucks* Kaffee bestellt. Das ist doch ein Anfang. Endlich kann das Leben kommen. Und mich finden. Wenn es will.

8

»*Where have you guys been?*« Bevor Leroy oder Lydia ihre Schlüssel heraussuchen können, fliegt die Wohnungstür auf. Zuerst nehme ich den Tomaten- und Knoblauchduft wahr. Danach erst den Mann, der im Türrahmen steht. Sein Gesicht ist mit Sommersprossen übersät, die ergrauten Haare sind auf dem Rückzug.

Leroy klopft ihm auf die Schulter. *»Good to see you, Bob.«*

»Habt ihr etwa schon angefangen zu kochen?«, fragt Lydia, während ein Junge seine Hände um ihre Taille schlingt und sie auf den Hals küsst. »Klar, Sweetie«, sagt er, »ich hab das Baguette geschnitten.«

»Aber du hast hoffentlich nicht das Chili gemacht? Dann gibt's ja schon wieder verkohlte Bohnen mit schwarzem Nichts!«

Bob lacht mit einer Stimme, die zu dunkel ist für seinen hellen Teint. »Nein, das war Amy.« Lydia zieht die Augenbrauen zusammen und Bob beugt sich mit Verschwörermiene zu ihr herüber. »Ich weiß ja, dass keiner so gut kocht wie du!«, wispert er nach einem flüchtigen Blick über die Schulter, »aber ich finde, man sollte auch Anfängern eine Chance geben.«

»Wir haben noch einen Gast«, sagt Leroy und schiebt mich vor. »Jenny aus Deutschland.«

Immerhin bin ich nicht *Jenny from Europe.*

Bob bewegt sich rückwärts auf einen Sessel zu. Dabei zieht er das eine Bein nach, als sei es ein lästiges Anhängsel. Sieht so aus, als könnte er das Knie nicht richtig bewegen. Dann streckt er das steife Bein aus, winkelt das andere an und lässt sich in die Polster fallen. Er streckt mir eine Hand hin.

»So so, Leroy hat also ein Mädchen mit nach Hause gebracht.« Wieder dieses tiefe, warme Lachen. *»Nice to meet you, Jenny!«*

Wir stehen in einem quadratischen Korridor mit ausgetretenem Parkettboden. Zwei der Wände sind von oben bis unten mit abstrakten Mustern bemalt. In der Mitte steht ein niedriger Holztisch, drumherum zwei Sofas mit aufgeplatzten roten Kunstlederbezügen und farbfleckige Holzstühle. Ein asiatisch aussehender Junge räumt die Papierstapel auf der Tischplatte zur Seite und stellt sieben tiefe Teller hin, von denen keiner zum anderen passt. Seine Augen sind mit Kajalstift umrandet, um seine schwarze Jeans hat er einen Nietengürtel geschlungen. »Hi, Jenny, ich bin Chang.«

Ein Wasserhahn läuft, Töpfe klappern und ich merke auf einmal, wie hungrig ich bin. »Amy, würdest du mir einen Schluck zu trinken bringen?«, ruft Bob. Ein blasses, sommersprossiges Mädchen kommt mit einem Wasserglas voll Rotwein. »Brauchst du auch einen Aschenbecher?«, fragt sie fürsorglich.

Ich glaube, Bob genießt es ein bisschen, dass er nicht richtig laufen kann. So darf er sich guten Gewissens bedienen lassen. Auf jeden Fall grinst er, als hätte er sich einen Streich ausgedacht. Der Geruch von Gas breitet sich im Flur aus, als Amy das Rädchen eines schweren Silberfeuerzeuges dreht.

»Komm, ich zeig dir die Galerie«, sagt Leroy.

»Galerie?«

»Wir sind nicht nur eine Wohngemeinschaft, wir stellen auch Kunst aus«, erklärt er. Greift nach meiner Hand und zieht mich ins Nebenzimmer. Am liebsten würde ich seinen Daumen streicheln.

Das Zimmer mit dem Parkettboden ist leer bis auf die Bilder an den Wänden. Fotocollagen und Bleistiftzeichnungen von Slam-

Dichtern mit dem Mikrofon an den Lippen (eine davon zeigt Leroy), großformatige Landschaftsbilder, ein Gemälde mit einer Comic-Figur.

»Chang präsentiert jedes Semester seine besten Sachen von der Kunstakademie. Manchmal organisieren wir auch Lesungen. Bob managt alles. Herumtelefonieren, Getränke bestellen und so.«

»Du scheinst ihn sehr zu mögen.«

»Er ist ein toller Erzähler. Bühnenreif. Du müsstest ihn hören, wenn er von seiner Jugend erzählt. Wilde Affären, Woodstock, der ganze Zirkus. Bevor er den Unfall hatte.«

Leroy hat meine Hand noch nicht losgelassen. Als wäre es das Selbstverständlichste der Welt. ›Welcher Unfall?‹, will ich fragen, ›was ist mit seinem Bein passiert?‹ Aber gleichzeitig habe ich Angst, dass meine Stimme zu laut ist in dem stillen Zimmer, dass sie den Augenblick zerstört.

Sonnenlicht fällt durch das Fenster. Leroys Hemd riecht nach einem fremden Gewürz. Wir stehen schweigend vor der Bilderwand. Dann wendet er sich mir zu.

»Jenny?«

»Ja?«

»Kann ich dich was fragen?«

»Kommt ihr zum Essen?«, ruft eine Frauenstimme. Es muss Amy sein. Leroy lässt meine Hand los.

»Wie war es in Venezuela, Lydia? Hast du deine Mutter besucht?«

Lydia schaufelt einen Löffel Hackfleisch und Bohnen in ihren Mund. Bei Bobs Frage verzieht sie das Gesicht, als hätte sie auf einen Regenwurm gebissen.

»Frag nicht. Das war der letzte Versuch. Sie versteht mich einfach nicht.«

Das kommt mir bekannt vor.

»Was war denn los?«, fragt Bob.

»Sie bekommt per Kabel jetzt 35 Kanäle. Nichts anderes interessiert sie mehr. Sie sitzt den ganzen Tag auf einem Gartenstuhl und sieht sich amerikanische Talkshows mit spanischen Untertiteln an. Als ein Moderator sterbenskranke Kinder interviewt hat, hat sie geheult wie ein Schlosshund. Aber keine Träne, als ich wieder weggefahren bin zum Flughafen.«

»Hättest du lieber eine Mutter, die jedes Mal heult, wenn du sie anrufst? Die dir zwar erzählt, du solltest dein eigenes Leben leben, aber wenn du es dann tust, ist es ihr auch nicht recht?«

Alle Blicke wenden sich mir zu. Bisher habe ich wenig gesagt. Es hat mir gereicht, neben Leroy auf dem Sofa zu sitzen und die Wärme seines Beines an meinem zu spüren.

»Sind deutsche Mütter so?«, fragt Amy.

»Nicht alle. Aber meine.«

»Du hast doch vorhin erzählt, deine Eltern wollten, dass du nach New York gehst, um nachzudenken, was du studierst?«, fragt Lydias Freund Paco.

»Ja. Bei der Beratungsstelle hat man mir erzählt, als Juristin hätte ich gute Chancen. Oder im Marketing.«

»Klingt nicht besonders begeistert«, sagt Lydia schulterzuckend.

»Nein, aber vielleicht ist es realistisch. Die anderen aus meiner Abiturklasse tun so, als hätte die Welt auf sie gewartet. Lauter Kreative, einer will Musiker werden, der andere Künstler. Wenn ich ehrlich bin, geht es mir ähnlich, aber ich glaube nicht, dass ich Erfolg hätte. Ich meine, da kann ja jeder kommen und glauben, sein Weg führt nach Hollywood. Und man weiß doch, wie wenige es wirklich schaffen.«

»Ich hab gedacht, es wäre klar, dass du Schauspielerin wirst?«, erinnert mich Leroy und ich beiße mir schnell auf die Unterlippe. Wenn ich schon versuche cool zu sein, dann muss ich die Rolle auch durchziehen. Ich will Lydia noch einmal nach ihrer Mutter fragen, aber jetzt hat der gesamte Tisch ein neues Thema. Meine Zukunft.

»Schauspielschulen sind scheiße«, sagt Paco und nuckelt an einer Bierflasche, »das hab ich gemerkt, als ich auf dem College in Los Angeles war. In keiner anderen Stadt kann man so gut beobachten, was aus den Leuten wird. Die hängen ihre Träume jedes Jahr tiefer. Erst hoffen sie auf eine Nebenrolle im neuesten Film mit George Clooney oder Meg Ryan. Dann machen sie sich krumm, um in einem Werbespot mitspielen zu dürfen. Zum Schluss gehen sie mit den Besitzern von Restaurants ins Bett, in denen die Stars ab und zu essen. Weil sie hoffen dort einen Job als Kellner zu bekommen.«

»Ich dachte gar nicht an Film«, werfe ich ein, »sondern an Theater.«

»Dasselbe in Grün.« Paco winkt ab. »Kannst du in New York prima sehen. Frag mal ein Mädchen, das in den Salatbars am *Times Square* die Schüsseln auffüllt. Ich wette mit dir, sie ist entweder Möchtegern-Schauspielerin oder verhindertes Model. Oder sie versucht es an der Kunstakademie.«

Chang fällt ihm ins Wort. »Du hast leicht reden, mit deinen Jobs als Webdesigner. Einfach nur Glück hast du, dass du mit deinen Träumen der Welt ins Konzept passt. Wunderbar, wenn du damit reich und happy gleichzeitig wirst. Ich weiß nicht, ob ich irgendwann von meiner Kunst leben kann, aber ich kann mir auch nichts anderes vorstellen. Und was hat Jenny davon, wenn sie Anwältin wird, einen Haufen Geld verdient, aber damit nicht glücklich ist?«

»Es geht nicht nur ums Geld«, sage ich.

»Ich weiß nicht viel über Deutschland, aber ich finde, Rechtsanwälte haben einen ehrenwerten Beruf. In diesem Land hier könnten wir verdammt noch mal mehr von ihnen gebrauchen, und zwar solche, die sich wirklich für ihre Mandanten einsetzen, egal, ob die Geld haben oder nicht«, sagt Leroy. Seine Stimme klingt auf einmal wütend.

»Du denkst wieder an Rick«, sagt Lydia und legt ihm beschwichtigend die Hand auf die Schulter.

»Wer ist Rick?«, frage ich.

»Rick war mein Cousin. Er lebt in der South Bronx. Ich meine, er lebte.«

»Ist er tot? Aber was ist denn passiert?«

»Die Polizei. Sie haben ihn ermordet. Die Bande, die angeblich dazu da ist, unschuldige Bürger zu schützen. Bei einer Razzia letztes Jahr ist es passiert, nachts um eins, vor seiner eigenen Haustür. Er stand mit ein paar Kumpels dort, als der Streifenwagen anhielt. Einer von seinen Freunden hatte ein krummes Ding gedreht. Mit Crack gedealt oder so. Dummerweise hat Rick in die Innentasche seiner Jacke gefasst, um nach seinem Ausweis zu suchen. Die Cops haben gedacht, er würde eine Waffe zücken. Angeblich. Sieben Mal haben sie auf ihn geschossen.«

»Und dann? Hat man sie entlassen?«

»Ach was. Der Polizeipräsident hat sich nicht mal entschuldigt. Es wäre bedauerlich, aber der junge Mann hätte sich schließlich mit vorbestraften Leuten rumgetrieben und wäre früher oder später sowieso auf die schiefe Bahn geraten. Das sollte ein Trost für meine Tante sein. Blöderweise haben wir dein Kind kalt gemacht. Aber aus dem Jungen wäre sowieso ein Killer geworden. Am nächsten Abend wollte Rick beim Slam auftreten. Zum ersten Mal.«

Leroy knetet ein Weißbrotkügelchen in der Faust, bis die Fingerknöchel ganz hell werden. Am Tisch ist es still geworden.

»Tja, Jenny, das ist New York«, sagt Amy schließlich. »Weiße

Frauen wie wir können uns hier so sicher bewegen wie in einer Kleinstadt im Mittleren Westen. Aber wenn du 15 bist und schwarz, dann bist du vor deiner eigenen Haustür nicht mehr sicher.«

Die Worte sind schneller da, als ich sie überdenken kann. »Warum schreibst du dann Gedichte?«, frage ich Leroy.

Er sieht mich lange an. Dann lächelt er. »Du meinst, ich sollte lieber Ricks Mörder umlegen? Oder Politiker werden und neue Gesetze erlassen?«

Ich zucke mit den Schultern und fixiere meinen Teller. Eine halbe rote Bohne liegt zerquetscht am Rand, das Innere quillt heraus. Ich fürchte, ich hab was Dummes gesagt.

Leroy legt eine Hand auf meine Schulter. Sie ist so groß, dass er mein Gelenk zwischen Daumen und Mittelfinger zerquetschen könnte. Aber sein Griff ist freundlich. Beinahe kommt es mir vor, als würden mich seine Finger streicheln. Ganz leicht.

»Jeder kämpft an seiner Stelle und mit seinen Mitteln«, sagt er leise.

Von draußen kommen ein paar Fetzen Reggae-Musik. Ich fühle mich wie in einem Krimi. Aber das ist keiner. Das ist echt. Ein scharf konturiertes Leben, das mit meinen Luxusproblemen nichts zu tun hat. Ich möchte gerne etwas tun. Mit einer Waffe in der Tasche eines langen Ledermantels losziehen und Ricks Mörder herausfordern. Oder einfach nur hier sein. Bei Leroy sein.

Amy, Lydia und Chang stehen auf, stapeln Teller, räumen dreckiges Geschirr zusammen. Paco und Bob greifen gleichzeitig nach einer zerknüllten Zigarettenschachtel. »Jenny«, sagt Leroy leise, »ich wäre gern mit dir allein. Komm, wir gehen spazieren.«

Diese Stimme. Weich und voll wie Rotwein in einem bauchigen Glas. Wer könnte diesen Worten widerstehen, diesen Bitten, diesen Befehlen?

9

Hi Jürgen,

ich sitze gerade in der Newsbar *am Union Square, trinke Milchkaffee – der heißt hier* Grande Latte *–, esse ein Blaubeer-Haferflockenmuffin und schreibe E-Mails. Tut mir Leid, dass ich die letzten Male am Telefon so kurz angebunden war. Aber ich habe dir etwas Wichtiges zu sagen. Und das geht nicht, wenn meine spießige Vermieterin hinter mir steht und wissen will, wo ich gewesen bin.*

Ich glaube, was ich dir zu schreiben habe, wirst du nicht mögen. Obwohl du es sicherlich schon ahnst. Oder warum war es dir neulich so unangenehm, dass du meine Mutter getroffen hast? Dachtest du vielleicht, sie würde mit dir über unsere Beziehung reden wollen?

Zum ersten Mal seit anderthalb Jahren bin ich von dir getrennt, auch wenn es erst knapp zwei Wochen sind. Und es kommt mir vor wie mit diesen Bildern, von denen man einen Schritt zurücktreten muss, um zu erkennen, was drauf ist. Das Bild, was ich sehe, gefällt mir nicht. Ich glaube, unsere Vorstellungen vom Leben gehen weiter auseinander, als ich dachte.

Ich denke über uns nach, frage mich, wie es weitergeht, aber da ist nur noch Leere. Ich hatte gehofft, du würdest es merken. Neulich, als du angerufen hast. Dass gar nichts mehr stimmt. Ich dachte, du würdest fragen, damit ich nicht den ersten Schritt machen muss. Es tut mir Leid, aber ich traue mich nicht, es dir am Telefon zu sagen.

Aber du merkst sowieso nicht, wie ich mich fühle. Vielleicht ist das ein Teil des Problems. Du fandest es immer so schön, dass wir zu zweit schweigen konnten. Ich habe irgendwann nur noch geschwiegen, weil mir nichts annähernd Vernünftiges mehr eingefallen ist. Und was ich hätte sagen müssen, war zu groß, zu schwer. Die Langeweile hat mich müde gemacht. Mit dir war ich auf der sicheren Seite. Aber da will ich nicht mehr sein.

Erinnerst du dich an diesen Abend im Januar? Wahrscheinlich nicht, für dich war es einer wie jeder andere. Wir lagen auf dem Sofa, stundenlang, ohne was zu tun. Ich fragte mich die ganze Zeit, ob ich jetzt aufstehen und meine Kontaktlinsen sauber machen oder mir noch eine Pizza aufwärmen soll. Auf einmal hast du gesagt: »Mit dir kann man so schön wegdriften.« Du warst allein auf der Reise und hast es nicht gemerkt.

Aber es liegt nicht nur an dir. Es gibt auch einen anderen Mann. Drei Stunden sind wir gestern Abend durch die Straßen der Lower East Side gelaufen und haben geredet. Um zwei Uhr nachts saßen wir im Yaffa Cafe *und zwischen Rosentapete und grünen Plüschsesseln und goldenen Engel-Kerzenleuchtern hat Leroy seine Hand unter mein Haar geschoben und mich angesehen. Aus einem Gedicht von Jack Kerouac zitiert.* »In some cases, the moon is you. In any case, the moon.«

Danach hat er mich geküsst. Was heißt, geküsst: In mich reingesunken ist er, mit sofakissenweichen Lippen und einer Zunge wie ein kleines warmes Tier.

Das war alles. Aber es bleibt nicht alles. Ich kann den Weißwein noch schmecken. Und ihn.

Ich lese die Mail noch mal durch. Markiere alles bis auf die ersten zwei Sätze. Die Taste mit dem Pfeil nach links macht es ungeschehen. Wie einfach wäre alles, wenn ich den Speicher in meinem Kopf genauso löschen könnte.

Ich will Jürgen nicht wehtun. Nicht alles noch schlimmer machen, als es ohnehin schon ist. Wenigstens für ihn. Ich fühle mich, als müsste ich ein griechisches Kreuzworträtsel lösen. Ohne eine Wort Griechisch zu können.

Lieber Jürgen,

ich sitze gerade in der Newsbar *am Union Square, trinke Milchkaffee – der heißt hier* Grande Latte *–, esse ein Blaubeer-Haferflocken-Muffin und schreibe E-Mails. Tut mir Leid, dass ich die letzten Male am Telefon so kurz angebunden war. Die Tage hier sind einfach so spannend, dass ich zu nichts mehr komme. Nicht zum Telefonieren mit dir, geschweige denn zum Nachdenken darüber, was ich aus meinem Leben machen will.*

Ich überlege allerdings manchmal, wie es mit uns beiden weitergehen soll. Ich meine, bist du eigentlich sicher, dass wir noch zusammenpassen? Wir haben so unterschiedliche Interessen in der letzten Zeit. Schreib mir doch mal, was du darüber denkst. Es ist nur so ein Gefühl, ich bin mir auch nicht sicher, was ich will. Aber ich finde, es wäre nicht fair, wenn ich das für mich behalten würde.

Jenny

Ich lösche den letzten Satz (schließlich behalte ich etwas ganz anderes für mich, ich habe kein Recht, das Wort »fair« zu benutzen), schreibe *Lady Liberty* in die Betreffzeile und klicke auf den *Send Mail*-Button. Erinnere mich an einen Brief, den ich ihm mal geschrieben habe, vor einem halben Jahr, und wegen dem ich dann den halben Tag neben dem Briefkasten gewartet habe, damit der Mann von der Post ihn mir zurückgibt. Ich war noch nicht so weit. Jetzt bin ich es. Warum traue ich mich trotzdem nicht Klartext zu reden? Ich nehme einen Schluck *Grande Latte*. Langsam gewöhne ich mich an die Deckel mit dem Trinkschlitz.

10

Die Freiheitsstatue auf dem Plakat an der Wand sieht geknickt aus. Sie kauert im Rinnstein, umklammert ihre Waden und hat den Kopf auf die Knie gelegt. Ihre Krone sitzt schief. Ihre Fackel hat sie verloren. *Lower East Side Charity Movement* steht in klobigen Buchstaben über der Zeichnung, darunter eine Adresse, bei der man rund um die Uhr seine abgetragenen Kleider für Obdachlose spenden kann. Arme Lady Liberty, sie muss für alles herhalten. Unter das Plakat hat jemand einen Flyer gepinnt: *Bob Dylan revisited*, ein Konzert im *Tramps Cafe*. Der Sänger auf dem Foto sieht aus wie ein Bobtail mit kajalumrandeten Augen. Er hält ein Mikro in der Hand, als wüsste er nicht, was er damit anstellen soll.

Die gelb gestrichene Wand des Cafés in der 9th Street ist vor Papier kaum zu sehen: Auf kopierten Zetteln suchen Studentinnen nach Zimmern oder bieten Saxophonunterricht an. Auf dem Campus der New York University findet ein Benefizkonzert für einen Mann in einer texanischen Todeszelle statt. Auf dem Holztisch vor mir liegen Broschüren des Gotham City Writers' Institute. *Jeder kann schreiben lernen. Neue Kurse ab Juli.* Kursbeginn ist einen Tag nach dem Rückflugdatum auf meinem Ticket. Ich stecke trotzdem eine ein. Wer weiß, was bis dahin passiert. Mein Visum gilt schließlich bis September.

Daneben steht eine leere Weinflasche mit Kerzenwachsspuren

in allen Regenbogenfarben. In der Hitze sind die erstarrten Tröpfchen weich geworden. Sieht aus, als würden sogar sie schwitzen. Es ist zehn Uhr abends, aber noch immer schwül. Ein schwarzer Ventilator zieht träge Runden an der Decke und quirlt die heiße Luft durch den Raum. Ich sitze still und tupfe mir ab und zu mit einer Papierserviette aus dem Aluminiumhalter Schweißtropfen von Nase und Oberlippe. Leroy kann jeden Moment kommen.

Das Café erinnert mich an Freiburger Studentenkneipen. Im Univiertel habe ich noch vor ein paar Monaten meine Freistunden verbracht. Sandra und ich blätterten in Zeitschriften, stritten uns, ob die Germanistik- oder die BWL-Stundenten besser aussahen, schlossen Wetten ab, ob wir sie an der Art ihrer Pullover erkennen würden. Wenn wir keine Lust mehr auf Schule hatten, schrieben wir uns Entschuldigungen auf karierten Din-A-5-Blättern. Kopfweh, grippaler Infekt, Wurzelbehandlung. Sandra trank ihren Milchkaffee immer »aufs Haus«, natürlich kannte sie alle Barmänner. Manchmal gaben sie mir auch einen aus. Es fühlt sich an, als wäre das alles sehr, sehr lange her.

In einem Café wie diesem macht es mir nichts aus, alleine etwas zu trinken. Ich muss nicht so tun, als würde ich auf jemanden warten. Ich warte tatsächlich auf jemanden. Leroy wird schon kommen, wenn seine Kurierschicht zu Ende ist. Also in der nächsten halben Stunde. Ich habe alles dabei für heute Nacht: ein paar Schminkstifte, die angebrochene Pillen-Packung und ein Aspirin. Es ist ein Gefühl wie auf der Flucht. Aber ein gutes.

Die Wände meines Glases sind beschlagen. Wenn ich es schräg halte, spiegelt sich alles in der Lache auf dem Boden: die Blätter der Grünpflanze auf dem Fensterbrett, mein Gesicht (mit Doppelkinn, wenn ich nach unten schaue). Und die Buchstaben des Konzertflyers, spiegelverkehrt. In der Mitte steht das Datum. *June 23rd*. Heute. Ich merke mir das Datum schon jetzt. Der erste Tag meines neuen Lebens. Ab heute mache ich die Regeln selbst. Ab heute werde ich nach Hause kommen, wann es mir passt, schlafen, wo es mir passt und mit wem es mir passt. Heute Nacht werde ich Sex mit Leroy haben, das ist so gut wie sicher. Ich denke an Schweißperlen, gespannte Sehnen unter dunkler Haut, geöffnete Lippen, lauten Atem.

Die Monate mit Jürgen waren nur eine Generalprobe. Damit der Körper im Ernstfall Bescheid weiß, wie das funktioniert mit einem anderen. Und sich nicht mehr darauf konzentrieren muss, alles richtig zu machen, sondern auf Autopilot schalten und genießen kann. Das erste Mal mit dem zweiten Mann ist ein guter Grund sich zu freuen. Es kann nur schöner werden. Sandra hat Recht. Das Leben ist zu kurz, um sich zu begnügen. Ich weiß, ich muss es Jürgen sagen. Aber nicht heute. Nicht an diesem Tag. Der gehört mir. Der soll bleiben wie ein Geschenk in Glanzpapier, ohne Kratzer, ohne Schmutzflecken.

Ein Schatten fällt in mein Glas und über die Prospekte der *Gotham City Writers*. Ein Schatten mit Rucksack und Dreadlocks. Leroys weißes T-Shirt klebt auf seiner Brust und unter den Achseln. Seine Bauchmuskeln heben und senken sich rasch wie die Flanken eines Hundes, der ein kleines Tier gejagt hat.

»Hast du dich so beeilt?«

»Persönlicher Rekord. Kurierfahren sollte olympische Disziplin werden.« Er hebt seinen Arm und wischt sich mit dem T-Shirt-Ärmel den Schweiß von der Stirn.

»Hm«, sage ich und beiße mir auf die Lippe. Je mehr ich von ihm weiß, je vertrauter mir sein Geruch wird, desto mehr schmilzt meine Schlagfertigkeit zusammen. Ich suche noch immer nach einer Antwort. Hoffentlich ist Eiskaffee kein illegales Dopingmittel? Nein, das ist doof. Ich bin mir nicht mal mehr sicher, dass er mich mag.

Er beugt sich über mich und ich frage mich, ob er mich küssen will. So wie neulich im *Yaffa Café*. Im Bruchteil einer Sekunde entscheide ich, dass ich ihm lieber die Wange hinhalte. Nichts ist peinlicher als gespitzte Lippen, die leer ausgehen.

So landet sein Mund an meinem Ohrläppchen.

»Was war das denn?«, fragt er.

Er nimmt mein Kinn zwischen Daumen und Zeigefinger.

»Das ist keine richtige Begrüßung. Hab ich Mundgeruch, oder was?« Ich schüttle den Kopf, so gut das in seinem Griff geht, und dann sinken seine Lippen in meine wie zwei Daunenkissen. Hoffentlich hört er mein Herz nicht klopfen. Es pocht so laut, dass sich die Leute am Nebentisch gleich umdrehen werden.

Falls er meine Aufregung spürt, lässt er es sich nicht anmerken. Oder es schmeichelt ihm. Er setzt sich, rutscht an die Stuhlkante und streckt das rechte Bein aus, bis unsere Knie sich berühren. Dann verschränkt er die Arme über dem Bauch und atmet durch.

»Sei nicht böse, dass ich so spät bin. Die Afghanen sind schuld.«

»Afghanen?«

Ich bin mir nicht sicher, ob ich das Wort richtig verstanden habe. In den letzten Wochen bin ich in die englischen Worte und Sätze geschlüpft wie in bequeme Shorts und Schlappen, verblüfft, wie schnell ich dazulerne. Aber bei Leroy habe ich Angst vor Missverständnissen. Schon mit der gleichen Muttersprache ist es oft schwierig genug, sich zu verständigen.

»Afghanen. So wie die Bewohner von Afghanistan.«

Ich nicke, als wäre damit alles klar. Auf keinen Fall will ich mir eine Blöße geben und eine dumme Frage stellen.

»Ich sollte ein Gewürzpäckchen von Midtown ins East Village bringen«, erklärt er, »aber ich hatte keine genaue Adresse. Auf dem Umschlag stand nur, dass die Lieferung für ein afghanisches Restaurant ist. 14th Street, zwischen den Avenues sechs und sieben, glaube ich.«

»Und da gab es keins?«

»Das ist ja der Witz. Es gab nicht nur eins, sondern vier nebeneinander. Und natürlich war ich erst in den drei falschen.«

»Und dann?«

»Im vierten hat mir der Koch eine Portion afghanisches Hähnchen geschenkt. Weil ich so lange herumfragen musste, hat er gesagt. Aber ich glaube, der hat sich was ganz anderes davon versprochen.«

»Wieso, wollte er dir weniger bezahlen für deine Fahrt?«

»Nein«, Leroy macht eine wegwerfende Handbewegung, »das war so eine alte Schwuchtel, dem hab ich wahrscheinlich gefallen. Widerlich. Vielleicht dachte er, ich lass mich zu einem Privatdinner im Hinterzimmer einladen.« Er klimpert affektiert mit den Wimpern und spreizt einen kleinen Finger ab, als er nach meinem Glas greift und einen Schluck trinkt.

Etwas an der Art, wie er über den Koch herzieht, gefällt mir nicht. Aber vielleicht ist es normal, dass man auf Trinidad Witze über Schwule macht. Oder ist Leroy in New York geboren und nur seine Großeltern in der Karibik? Ich muss ihn gelegentlich fragen.

Leroy kramt in seinem Rucksack und stellt eine zerknitterte Aluschale mit fettigem Rand auf den Tisch. »Schau mal, die Hälfte hab ich dir übrig gelassen, hast du Hunger?«

»Nicht bei der Hitze.« Seit heute Morgen habe ich nichts mehr herunterbekommen. Aber das geht ihn nichts an. Er braucht auch nicht zu wissen, dass ich nicht mehr schlafen kann, weil ich immerzu an seine Hände denken muss.

Leroy packt die Schale wieder ein. Seine Finger glänzen fettig.

»Hast du schon gezahlt?«

Ich krame in der Innentasche meines Rucksacks nach dem Portemonnaie. Als ich in den gleichfarbigen Geldscheinen nach drei Ein-Dollar-Noten suche, gibt Leroy mir einen leichten Klaps auf die Hand.

»*No way!* Kommt gar nicht in Frage!« Er befördert mit links ein paar Dollar auf den Tisch und steht auf.

»Komm!« Er zieht mich hoch. So bleiben wir voreinander stehen, während er mich von Kopf bis Fuß mustert. Als wäre ich eine Statue, die zum Verkauf steht. So hat mich noch kein Mann angeschaut. Er lässt seinen linken Zeigefinger über meinen Bauch gleiten bis zu meinem Nabel und weiter über den Bund meines Rockes. Dabei schnalzt er mit der Zunge.

»Jenny, du siehst einfach scharf aus heute! Da muss ich ja aufpassen, dass dich niemand stiehlt!«

Auch draußen herrscht ein Klima wie im Gewächshaus. Zwei alte Männer in Rollstühlen sitzen auf dem Grünstreifen, als hätte man sie zum Lüften rausgestellt und dort vergessen. Sie unterhalten sich in einer fremden Sprache. In den Hauseingängen hocken Männer mit braunen Papiertüten in tätowierten Händen und trinken verstohlen aus den Bierflaschen darin.

Eine Seitenstraße ist für ein Fest abgesperrt. Es riecht nach gebratenem Fleisch. Grauhaarige Frauen wiegen sich paarweise im Takt einer schwermütigen Musik, die aus altersschwachen Lautsprechern scheppert. Es klingt russisch. Am Straßenrand kauert ein weißbärtiger Bettler und nagt an einem Stück Brot. Leroy bleibt stehen und kramt in seinem Rucksack. *»Excuse me, would you like some chicken?«*

Der Alte sieht auf, Krümel in seinem Bart, und lächelt ungläubig. Dann verhärten sich seine Züge.

»Mann, willst du mich verarschen?«

»Ich kenn dich«, sagt Leroy, »du bist in allen U-Bahnen gleichzeitig. Ständig fährst du durch die Stadt und fragst die Leute nach ein paar Vierteldollars. Ich sehe dich immer in den *Express Trains*.«

Er lächelt so gewinnend, dass der Alte zu kichern beginnt. Ein dünner Speichelfaden rinnt aus seinem Mundwinkel.

»Klar, Mann. *Express Trains* brauchen mindestens fünf Minuten zwischen zwei Stopps, das gibt mir Zeit. In *Local Trains* steigen die Leute häufiger ein und aus und tun so, als wär ich gar nicht da. Ist ganz leicht, mich zu ignorieren. Wenn man nur eine Minute fährt.«

»Ganz schön clever.«

»Hey, Betteln ist mein Job. Hat mich ein paar beschissene Jahre gekostet, bis ich gelernt habe, worauf es ankommt. Hätte sich mein alter Herr auch nicht träumen lassen, dass ich irgendwann auf diese Weise meine Brötchen verdienen muss. ›Junge‹, hat er immer zu mir gesagt, ›aus dir wird noch mal was. Du hast einen Blick für Geschäfte, das liegt dir im Blut, das liegt in der Familie.‹ Hat er gesagt.«

Leroy fischt die Aluschale heraus und beugt sich über den zerzausten Schopf.

»Besteck hab ich keins dabei. Aber es schmeckt wie im Restaurant.«

Leroy richtet sich auf und nimmt meine Hand. Ich blicke dem Bettler in die geröteten Augen.

»Ist das dein Mädchen?«, fragt er und gestikuliert mit dem flachen Päckchen in meine Richtung. Leroy sieht mich an, nickt, küsst mich wieder. Dieses Mal weiche ich nicht aus.

»God bless you two!«, grinst der Penner, schnäuzt sich in seinen Ärmel und zupft mit dreckigen Fingernägeln den Deckel von der Aluschale. Der Satz berührt mich seltsam. Außer in der Kirche

habe ich ihn noch nie gehört, und das ist auch schon mindestens drei Jahre her.

Leroy schiebt sein Fahrrad mit der rechten Hand, die linke hat er um meine Taille gelegt und dirigiert mich durch die Menge. Ich laufe wie aufgezogen, vorbei an grünen Straßenschildern und Neonleuchten, Eimern mit Blumensträußen unter Markisen, heruntergezogenen Rollos. An manchen der Backsteinfassaden sind noch verblichene Buchstaben zu entziffern, die für Holzkohle, Obst und Gemüse, Fleisch und Wurst werben. Die Geschäfte dazu gibt es schon lange nicht mehr.

»New York erinnert mich an ein übermaltes Bild«: Der Satz formt sich in meiner Kehle, aber ich lasse ihn nicht heraus. Ich bin nicht sicher, was *Übermalen* auf Englisch heißt. Und außerdem könnte jedes Wort die Stimmung zwischen Leroy und mir verändern. Die Luft hat sich abgekühlt. Ein leichter Wind weht. Der Augenblick ist so schön, ich möchte ihn am liebsten mit Fixierspray einnebeln, in Formalin einlegen, ewig haltbar machen.

Die Haut an meinen Oberarmen fühlt sich transparent an, als ginge die Brise durch mich durch, körperwarm und angenehm. Ich habe keine Ahnung, wo wir sind. Ich könnte ewig weiterlaufen, seine Finger auf meiner Hüfte und den Luftzug an meinen Schultern. Irgendwo werden wir schon ankommen. Schließlich ist die Welt rund.

Notfalls nehmen wir die Südroute.

»Jenny?« Er bleibt so abrupt stehen, dass ich einen Schritt rückwärts gehen muss.

Ich sehe mich um. Der verwilderte Garten und das Gebäude mit der Treppe unter der Eingangstür kommen mir bekannt vor. Hinter den Fenstern von Leroys Wohnung brennt kein Licht.

»Was ist?«, frage ich, überflüssigerweise.

Leroy lässt seine Finger über meinen Rücken wandern.

»Komm mit.«

»Zu dir?«

»Nach Hause.«

Nach Hause, also. Diesmal klingt das Wort richtig.

Wir haben kein Licht angemacht. Wir liegen nebeneinander auf einem breiten Futon. Seit Stunden – Tagen? Sekunden? – liegen wir auf dem Rücken und fassen uns nicht an. Im Liegen ist Leroys Körper auf eine handliche Größe geschrumpft. Endlich überragt er mich nicht mehr um fast zwei Köpfe. Wir können uns in die Augen sehen, ohne dass ich meinen Hals verrenken muss. Dafür könnte ich meine Füße in seinen Kniekehlen verstecken.

Unsere Oberarme berühren sich leicht. Seine Haut ist wärmer als meine. Als hätte sie die Sonne gespeichert. Das reicht. Ich weiß, dass er weiß: Wir haben Zeit. Alle Zeit der Welt. Scheinwerferlichter wandern über die Decke.

Ich schiebe meine Hand unter den Saum meines Tops. Von draußen klingt gedämpfter Straßenlärm. Er wird nicht weniger, auch nicht mitten in der Nacht. Aber im Zimmer ist es still genug, um meine Fingerkuppen hören zu können. Wie sie meinen Nabel streicheln, ihn umkreisen, sich in ihn hineinbohren.

»Was machst du?«, fragt Leroy.

»Gar nichts.«

Wieder ist es still. Bis auf das Geräusch einer Jeansnaht, die sich an meinem Knie reibt.

»Und was machst du da?«

»Musik. Mit deinen und meinen Beinen.«

Ich drehe mich auf den Bauch. Stütze mich auf den rechten Ellenbogen und fahre mit einem Finger über seinen Bauch. Durch den Stoff kann ich die Härchen unterhalb seines Nabels spüren.

Er greift nach meinem Handgelenk und hält es fest. Ich bin auf seine plötzliche Bewegung nicht vorbereitet, so dass ich das Gleichgewicht verliere und auf ihn falle.

Er hat mich im Griff. Hält mich und dreht mich beinahe grob auf den Rücken. Richtet sich auf die Knie auf und beugt sich über mich, bis seine Filzlocken meine Stirn berühren. Dann kommt sein Gesicht auf mich zu, bis es so nah vor meinem ist, dass es verschwimmt.

Ich muss an Madame Lucy denken. Madame Lucy und die Narrenkarte. *Play and surrender.* Spiel und Hingabe. *Surrender* ist ein schönes Wort. So weich.

»Jetzt hast du nur noch ein Auge«, sage ich zu Leroy.

Er fährt mit seiner rechten Hand unter mein Top. Legt eine Hand auf meinen Bauch. Wandert in Richtung Nabel. Spreizt seine Finger.

»I want to make love to you«, antwortet er.

Ich dachte, diesen Satz gibt es nur im Film.

11

Wenn du mich willst
trag Backstein und nichts drunter
dann schmücke dich mit Feuerleitern
blas mir heiße Atemluft
aus Hunderten von Gitterrachen ins Gesicht

Ich richte mich auf, das Ende meines Kugelschreibers im Mund. Gerade habe ich die ersten Zeilen wieder in meinem Notizbuch entdeckt. Heute Morgen fließen die Worte wie von selbst. Mir gegenüber auf der grauen U-Bahn-Bank sitzt eine dicke Frau. Ich sehe durch sie hindurch und nehme sie doch wahr. Wie ein einzelnes Fernsehbild beim Durchzappen. Die Strass-Steinchen auf ihrem T-Shirt funkeln billig. Auf ihrer prall gefüllten Plastiktüte steht *Dream Shopping*.

Ich habe keine Angst, Anne zu treffen. Es ist mir völlig egal, was sie von mir denkt. Ich werde jetzt sowieso nicht mehr so oft in Queens sein. Sie kann von mir aus die Wand anmeckern. Ich bin kein Kind mehr, das soll sie endlich begreifen.

Dann schmücke dich mit Feuerleitern. Vor einer Stunde stand ich an Leroys Fenster und sah auf die Straße, die eisengeschmückten Fassaden gegenüber. Sie sahen aus wie frisch geduscht: Tautropfen auf den Blättern der Alleebäume, so grün, wie sie nur im Juni sein können. Mein hörbarer Atem und das leicht beschlagene

Fenster, als hätte ich nach dieser Nacht noch ein Zeichen gebraucht, dass ich lebe. Ich trinke jede Sekunde, genieße jede Minute, plötzlich sind sie alle am richtigen Platz. Nichts mehr, worauf ich warten müsste. Alles gehört mir.

Leroy tanzte den ganzen Morgen um mich herum, mit seinem Fahrradkurier-Rucksack und den gepolsterten Sportschuhen. Leroy, fertig zum Gehen, der sich nicht von mir trennen mochte. Leroy, der mich von hinten umarmte, mir seine Hände auf den Bauch legte wie gestern Nacht, mir einen Kuss hinter das Ohr gab.

Später kam Amy aus ihrem Zimmer, stand auf dem Flur wie ein kleines Mädchen: x-beinig, in einem hellen Trägerhemdchen. Sie wischte sich mit zwei Fäusten den Schlaf aus den Augen, bevor sie mich bemerkte. Dann nickte sie mir wie selbstverständlich zu und schlurfte in die Küche. Mit einem Saftglas kam sie wieder heraus und fläzte sich auf eines der Sofas im Korridor. Sie trank in kleinen Schlucken und musterte dabei die Zehen an ihrem rechten Fuß. Lange Zehen mit rosa lackierten Nägeln, die kleinen ziemlich krumm. Ich fand, sie hätte verschwörerischer gucken sollen. Schließlich war sie die Erste, die mich aus Leroys Schlafzimmer hatte kommen sehen.

Deshalb kann ich es kaum erwarten, Connie zu treffen. Connie, meine einzige Freundin in New York. Ich werde mich zu ihr in die Küche stellen, sogar eine Tasse Spülwasserkaffee mit ihr trinken. Ich werde keine Worte brauchen. Sie wird mir ansehen, was geschehen ist. Vielleicht wird sie mit mir schimpfen, weil sie mir noch gestern Nachmittag eingebläut hat, dass ich auf keinen Fall Ja sagen darf. Dann hat sie mir die amerikanischen *Dating*-Regeln noch einmal erklärt, geduldig wie eine Nachhilfelehrerin. Es gibt einen genauen Fahrplan. Küssen darf man sich erst beim dritten Date. Frauen, die vor dem fünften Date mit einem Mann ins Bett gehen, sind Flittchen. Dass ich eigentlich einen Freund habe, das hat in ihrer Rechnung keine Rolle gespielt. »Wieso, die sind doch weit genug auseinander, da kannst du dir ja Zeit lassen.«

Leroy ist ein Dichter, er spielt nach seinen eigenen Regeln. Wenn sie daran zweifelt, werde ich sie fragen, wer ihr neulich im *Latin in Manhattan* die Bluse zerwühlt hat. Vielleicht hat sie mir auch etwas zu erzählen. Bei einer gemeinsamen Zigarette an der warmen Ziegelmauer. Die Zigarette danach wird nur im Film im Bett geraucht.

Danach werde ich meinen Vater im Büro anrufen. Auch wenn ich jetzt häufiger bei Leroy übernachte, werde ich besser von Annes Wohnung aus mit ihm telefonieren. Er muss noch nichts davon wissen, dass ich mich verliebt habe. Je häufiger ich mich melde, desto weniger schöpft er Verdacht. Und dann ist Jürgen dran. Vielleicht habe ich Glück und er ist nicht zu Hause. Es wäre so einfach, ihm die Cassette seines altmodischen Anrufbeantworters voll zu reden, mit ein paar Gründen, ein paar Vorwürfen, ein paar Entschuldigungen. Es wäre einfach und unverzeihlich. Ich könnte ihm nie wieder unter die Augen treten. Schwierig in einer Stadt wie Freiburg, in der man an jedem Samstag in der Kaiser-Joseph-Straße sämtlichen Menschen aus dem eigenen Adressbuch begegnet. Andererseits, vielleicht komme ich ja gar nicht zurück. Oder wenigstens nicht so schnell.

Vor dem U-Bahn-Ausgang an der Roosevelt Avenue sitzt ein Bettler mit einem Hund. Der Hund liegt apathisch auf einem Stück Zeitungspapier, zu matt, um die Fliegen in seinen Augenwinkeln zu verscheuchen. Sonnenstrahlen fallen durch das Gitter der Bahnbrücke und zeichnen ein Netz auf das verfilzte Fell. Neben seinem Herrchen steht ein leerer *Starbucks*-Pappbecher mit einem dunkelroten Lippenstiftabdruck. Darin liegen ein paar einsame Münzen. An den Wänden des Bechers klebt eingetrockneter Milchschaum. Ich habe noch nie etwas gegeben, auch nicht den singenden Schnorrern in der Subway. Aber er erinnert mich an den Penner von gestern, der Leroys Chicken Curry aufgegessen hat. Es wird Glück bringen, wenn ich ein paar Dollarnoten opfere. Und ein gutes Karma.

Der Bettler hebt den Kopf, als ich mich über den Pappbecher beuge und das abgegriffene grüne Papier hineinstopfe. Es fühlt sich weich an, wie Baumwolle.

»God bless you!«

An der nächsten Straßenecke steht ein öffentliches Telefon und plötzlich merke ich, dass ich es hinter mich bringen muss, sofort, weil mir nachher der Mut schon wieder fehlen wird. Meine Finger zittern, während ich die lange Codenummer auf meiner Telefonkarte eingebe. Die Chancen stehen fifty-fifty. Wenn Jürgen nach der Arbeit noch mit Kollegen Kaffee trinken war, ist er jetzt noch nicht zu Hause.

»Ja, hallo?«

Scheiße.

»Hi. Ich wollte mal hören ...«

Meine Stimme klingt mindestens drei Töne zu hoch. Ich atme tief durch und versuche es in einer tieferen Lage. »Hast du meine E-Mail gekriegt?«

»Mhm.«

»Ja, und? Ich meine, was sagst du? Was denkst du darüber?«

»Ist ja wohl viel los bei dir.« Er macht es mir nicht leicht.

»Doch, auf jeden Fall. Ich war gestern bei einer Dichterlesung.«

»Einer Dichterlesung? Ich dachte, du hängst viel in Clubs rum?«

»Was war eigentlich neulich, als du meine Mutter getroffen hast? Sie sagte, du hättest dich benommen, als wär's dir peinlich, dass sie dich grüßt!«

»Nein, das war, weil ... wie soll ich sagen ... ich war nur so ins Gespräch vertieft.«

Jürgen und in ein Gespräch vertieft? Das sind ja ganz neue Töne.

»Wer war das denn, der blondierte Junge?«

Es ist still. In der Leitung knackt etwas. »Jürgen, bist du noch dran?«

»Ich glaub, den kennst du nicht.«

»War es Christoph?«

»Woher weißt du ... ach so, ja, doch, kann sein, ihr habt euch ja mal getroffen auf der Party in Kirchzarten, also dieses Fest im Mai, bei dem nur schlechte Musik lief, Jennifer Lopez und so'n Scheiß. Doch, dann kennst du den doch. Ja, mit dem bin ich jetzt sozusagen richtig befreundet, also ...«

Seine Worte purzeln durcheinander, hektisch. »Jürgen, wegen meiner E-Mail ...«, fange ich noch einmal an.

»Ich schreib dir lieber mal«, unterbricht er mich hastig.

»Ach so, ja klar, wenn du nicht reden willst.«

Wieder ist es still.

»Und, was hast du heute noch vor?«, frage ich schließlich.

»Ich bin verabredet.« Nervöses, kleines Lachen.

»Mit deinem neuen Freund?«

»*Was?*« Panik in der Stimme. Einen Moment später hat er sich gefangen. »Ach so, Christoph, ach so, weil du gerade gefragt hast, ja, natürlich, mein neuer Freund.«

»Jürgen? Ist alles in Ordnung mit dir?«

»Doch, alles bestens. Ich war nur gerade in Gedanken.«

Bitte, denke ich, wenn du nicht mal konzentriert zuhören

kannst, wenn ich mit dir Schluss machen will, dann hast du es nicht anders verdient.

»Dann ist es ja gut. Also, schreib mal.«

Das Erste, was ich von Connie sehe, sind ihre Finger. Sie hält sich am Spülbecken fest, während sie am Boden kauert und mit der rechten Hand nach etwas tastet. Ihre Fingernägel sind ganz abgekaut. Sogar die Haut drum herum. »Was suchst du?«, frage ich.

»Meine Haarklammer. Sie muss runtergefallen sein und ich kann sie nicht finden. *Verdammtes, verficktes Scheißding!*«

Ich habe sie noch nie fluchen hören.

Ihre Stimme ist ganz heiser, als wäre sie erkältet.

»Alles in Ordnung?«, frage ich. Sie hebt ihren Kopf und sieht mich an.

Nichts ist in Ordnung.

Ihre Nase ist vom Weinen geschwollen und rot marmoriert. Von ihren ungeschminkten Lippen hängen Hautfetzen, als hätte sie auch darauf herumgebissen. Ihr rechtes Auge ist zu einem Schlitz verengt und blau unterlaufen.

Ich gehe in die Knie und berühre ihre Schulter. Sie zuckt zusammen und entwindet sich.

»Hast du dich geprügelt? Was ist los, um Himmels willen?«

Sie steht auf, lässt ihre Haare über das verletzte Auge fallen: Wie ein Kind, das glaubt, es sei unsichtbar, wenn es selbst nichts mehr sieht. Dann kramt sie in der Tasche mit dem *Manhattan-Partage*-Schild, sieht dabei aber nicht hin.

»Hab mich gestoßen.«

»Connie, das kannst du deiner Großmutter erzählen. Jemand hat dich geschlagen! Oder bist du . . .«

Ich kann den Satz nicht zu Ende sprechen. Fast sehe ich es vor mir: Männer mit schwieligen Händen, die Connie in einen Hinterhof zerren, nach ihr greifen und so heftig an ihrer Hose reißen, dass ein Knopf abspringt und mit einem dumpfen Ton auf dem Müllcontainer zwei Meter weiter aufschlägt.

»Es ist nicht, wie du denkst.« Connie spricht leise und beherrscht. Ihre Stimme klingt wie durch Watte.

»Du bist nicht vergewaltigt worden?«

Jetzt, als ich weiß, dass es nicht wahr ist, kann ich das Wort aussprechen. Und mich wieder aufrichten, ohne dass meine Knie nachgeben.

»Nein«, sagt sie und deutet auf ihr Auge, »das war mein Vater.«

Ich kann mich nicht erinnern, dass meiner mich jemals geohrfeigt hat. Nicht einmal, als ich ganz klein war.

»Aber warum denn bloß? Was ist denn passiert?«

Mit gespreizten Fingern streicht sie das Haar auf der linken Seite zurück. Es ist eine vertraute Geste, die erste an diesem Morgen.

»Ich bin gestern spät nach Hause gekommen. Zwei, halb drei. Ich war mit María tanzen. Wirklich, es war nur María!«

Sie sieht mich an, flehend, vorwurfsvoll, als hätte ich etwas anderes behauptet. Ich nicke stumm. Sie atmet schwer.

»Ich habe mich schon gewundert, als ich an unserem Hauseingang ankam. Also, ich steh da vor der Tür und seh das Licht im Wohnzimmerfenster. Wird doch niemand vor dem Fernseher eingeschlafen sein?, denk ich. Ich also rein, will das Licht ausmachen und nachschauen, ob da noch jemand ist. Und da ist nicht nur einer, da sind sie alle. Meine Eltern, meine Brüder. Und Antonio. Mein Verlobter.«

Sie zieht die Nase hoch und fingert blind nach einer Serviette aus den stumpfen Aluminiumhaltern, die in Reih und Glied auf der Küchenplatte neben der Spüle stehen. Schnäuzt sich geräuschvoll in das dünne Zelltuch und lässt es zusammengeknüllt liegen.

»Als ich reingekommen bin, war Papa noch ganz ruhig. Saß breitbeinig im Fernsehsessel, linke Hand auf der Lehne, rechte am Limonadenglas, und sah mich an. Niemand sagte was. Eine ganze Weile. Dann ging es los. Ich hätte den Bogen endgültig überspannt. Er könnte den ganzen Quatsch nicht mehr hören, von wegen Tänzerin und Sängerin, und dieser Job im Diner täte mir auch nicht gut.«

»Aber das hast du dir doch hoffentlich nicht einfach so angehört?«

Connie lacht bitter. »Würde ich sonst hier rumlaufen mit einem Matschauge wie aus 'nem verdammten Horrorfilm? Ich hab gesagt, dass ich ein Recht habe auf mein eigenes Leben, auf meine eigenen Fehler. Ich hab sogar gesagt, dass er mir gar nichts mehr vorzuschreiben hat. Zack, da ist er ausgetickt. Kein Wunder, irgendwie.«

»Aber du hast doch völlig Recht. Das geht ihn doch alles gar nichts an! Du bist doch erwachsen!«

Connie zuckt mit den Schultern. »Na ja, es tat ihm ja dann auch Leid, das mit der Ohrfeige.«

»Und jetzt? Was machst du jetzt?«

Sie sieht mich verständnislos an. »Wieso, was soll ich denn machen? Ich habe ja keine Wahl.«

Ich höre, was sie sagt, aber ich verstehe es nicht. Will sie etwa zurück zu ihrem prügelnden Vater? Als sie weiterspricht, sieht sie mich nicht an dabei. Ihr Ton ist plötzlich ganz feindselig geworden.

»Du verstehst das nicht. Unsere Familien, das sind noch echte Familien. Nicht wie bei euch in Europa. So was wie du, allein ins Ausland, mit Jungs rummachen, die dein Vater gar nicht kennt, das hätte meiner mir nicht erlaubt. Nie. Und mein *marido* auch nicht.«

»*Marido?*« Wenn Connie gefühlvoll wird, verfällt sie in Spanisch.

»*Husband*«, sagt sie, »Ehemann.«

»Aber du bist doch gar nicht verheiratet!«

»Nein. Aber bald.«

Eine Sirene heult. Ein Tropfen wächst am Wasserhahn, dehnt sich bis zum Zerreißen, platzt und fällt geräuschvoll ins Spülbecken.

»Ich habe heute bei Anne gekündigt«, sagt sie wie auf ein Stichwort. »Noch dieses Jahr werde ich Antonio heiraten, das habe ich meinem Vater versprochen. Meine Mutter hat gesagt, ich soll Gott und der heiligen Jungfrau danken, dass er mich noch nimmt. Antonios Eltern gehört eine Wohnung. Renaissance Gardens, nur ein paar Straßen von hier. Ein Haus mit Türmchen auf dem Dach. Sieht aus wie 'ne verdammte mittelalterliche Burg.«

Ihre Stimme versagt. Die Fotos der Latino-Bräute mit den Tüllschleiern im Studio an der Roosevelt Avenue fallen mir wieder ein. Ich kann sie mir nicht in diesem Schaufenster vorstellen.

»Und was ist mit Jennifer Lopez? Deiner Karriere? Warum lässt du dir von deinem Vater vorschreiben, wie du leben sollst? Hau doch einfach ab! Mensch, es ist *dein* Leben!«

Connie dreht ihr Gesicht ruckartig zu mir. Die Haare fliegen, entblößen unbarmherzig den blutunterlaufenen Schlitz in ihrem Gesicht. Sie wird ihrem Vater nicht mehr widersprechen. Jetzt faucht sie mich an, als wäre ich daran schuld.

»Du hast überhaupt keine Ahnung, was wichtig ist! Du lebst hier einfach auf Kosten deiner Familie und tust, was du willst, als wärst du allein auf der Welt! Als würde alles nach deiner eigenen Nase gehen!«

Ich gehe einen Schritt auf sie zu. Komm einfach mit, möchte ich sagen, lass uns zusammen irgendwo hingehen, vielleicht können wir beide in Leroys Wohnung unterkommen. Aber so, wie sie da steht vor der Spüle, die Arme verschränkt, weiß ich, dass jeder Versuch zwecklos ist.

Die Flügel der Aluminiumschwingtür werden mit einer energischen, kurzen Bewegung aufgestoßen. Eine Wolke von Haarspray dringt in meine Nase.

Anne mustert mich von Kopf bis Fuß. Dann nickt sie langsam, als hätte sie endlich die Antwort auf eine wichtige Frage gefunden.

»Du warst nicht zu Hause letzte Nacht.«

Es ist eine Feststellung. Meine eigenen Worte fallen mir ein: *Wenn ich nachts mal nicht nach Hause komme, sage ich Bescheid.* Ich habe mein Versprechen nicht gehalten. Dabei habe ich es nicht einmal ernst gemeint, als ich es ausgesprochen habe. Damals.

»So«, sagt sie und wippt mit dem rechten Fuß. Die Sohle hat sich an der Spitze gelöst. Der Schuh klafft bei jeder Bewegung auf und zu wie der Mund einer Zeichentrickfigur beim Sprechen. Ihre Stimme ist gefasst.

»So, jetzt habe ich endgültig genug von dieser Seifenoper in meinem Haus. Die eine kündigt von jetzt auf nachher, die andere geht hier ein und aus wie im Hotel. Jenny«, sie sieht mich kopfschüttelnd an, »es war nett, dass ich deinem Vater vor 20 Jahren mal mein Herz ausgeschüttet habe, aber das verpflichtet mich zu nichts. Ich möchte, dass du deine Sachen packst. In zwei Stunden will ich dich nicht mehr hier sehen.«

Sie macht eine Pause. Connie und ich starren zu Boden wie Kinder, die man beim Klauen ertappt hat. Anne meint es wirklich ernst. Mit allem hätte ich gerechnet, aber nicht damit.

»Ist das klar?«, fragt sie noch einmal. Mein Blick trifft ihren. Sie hat die Brauen hochgezogen. Sonst ist ihr Gesicht unbewegt.

Ihre Augen schimmern blaugrün. Sie sieht der Frau ähnlich, die mit einer Sonnenblume im Central Park posiert. Lady Liberty. Dann fingert sie in ihrer Hosentasche und knallt einen Geldschein vor mir auf die Ablage. »100 Dollar Miete. Für die zweiten 14 Tage. Ich will dir nichts schuldig bleiben.«

Ich dränge mich ohne ein Wort an ihr vorbei aus der Tür und durchquere den Gastraum, beäugt von den zwei Alten, die an ihrer täglichen Portion Pommes knabbern. Währenddessen kommt mir eine Liedzeile in den Sinn. Ich habe sie erst neulich gehört.

Freedom's just another word for nothing left to lose.

Ich werde Connie nicht an ihr Versprechen erinnern. Sie hat jetzt wirklich andere Sorgen. Wie gut, dass ich weiß, wo ich hingehen kann.

Die Räder an meinem Koffer sind zu klein. In jeder Rille zwischen den Gehwegplatten hängen sie fest. Ein schwarzer Hund bleibt stehen und schnüffelt an dem Metallschloss unter dem Ledergriff. Wir schauen uns in die Augen. Schöne Augen, wie Honigtöpfe, gesprenkelt mit Sonnenstrahlen. Er trägt keine Leine und kein Halsband. Kein Herrchen weit und breit. »Hallo, Kumpel!«, begrüße ich ihn.

Beim Weitergehen versuche ich, nicht auf die Rillen zwischen den Steinplatten zu treten. Ein Kinderspiel, aber ich kann alles gebrauchen, was Glück bringt. Zum ersten Mal in meinem Leben habe ich keinen Ort, an den ich gehen könnte. Falsch: keinen Ort, auf den ich ein Recht habe, keinen, an dem ich zu Hause bin. Ich stelle mir vor, dass ich alles bei mir trage, was mir gehört. Aber für einen Hippie besitze ich viel zu viel, auch wenn es nur mein Reisegepäck ist.

Die Telefonbox, aus der ich Jürgen angerufen habe, wird gerade wieder frei, als ich daran vorbeikomme. Ein Mädchen reicht mir den Hörer weiter, er ist noch ganz warm an meinem Ohr. In Leroys Wohnung hebt niemand ab. Seine Handynummer habe ich nicht. Ich wollte ihn noch nicht danach fragen, es schien mir zu aufdringlich. Er hätte denken können, ich wollte ihn überwachen. Das habe ich jetzt von meiner Vorsicht: Ich schleppe einen schweren Koffer allein. Als ich den Koffer die Stufen zur U-Bahn herunterwuchte, schlägt mir die verstärkte Seitenwand bei jedem Schritt gegen das Schienbein. Morgen habe ich dort garantiert einen blauen Fleck. Ich werde erst einmal bis zum Times Square fahren und von dort aus wieder telefonieren. Vielleicht ist dann jemand da.

Die Strecke zwischen den Stationen Jackson Avenue und Grand Central ist die längste auf meiner Fahrt. Hier taucht die Bahn unter dem East River durch in Richtung Manhattan. »Nie wieder Queens«, schwöre ich mir.

Ich stehe eingezwängt zwischen der U-Bahn-Tür und einer großen dicken Frau in einer geblümten Kittelschürze. Dabei versuche ich den Kontakt mit dem imposanten Haarbusch unter ihren Achseln zu vermeiden. Das ist gar nicht so einfach, denn sie hält sich an der Stange über unseren Köpfen fest. So steigt mir bei jedem Atemzug eine Mischung aus billigem Deo und Schweiß in die Nase. An ihren Härchen vorbei kann ich ein Werbeplakat über der gegenüberliegenden Tür lesen.

»Depressionen sind kein seelisches, sondern ein biochemisches Problem. Medikamente helfen.« Darunter, in fetten roten Buchstaben, *CALL 1–800-DEPRESSION.*

Es ist schwierig, am Times Square stehen zu bleiben. Der Menschenstrom fließt hier rasch und regelmäßig durch die Straßen und jeder, der aus dem dunklen Bauch der U-Bahn auftaucht, wird weggeschwemmt. Eine Gruppe japanischer Touristen mit

Shorts und *Disneyland*-Baseballkappen hält sich am Gitter eines Lüftungsschachtes fest, um nicht mitgerissen zu werden. Alle starren auf eine Leinwand auf dem Dach eines Wolkenkratzers, auf der ein Baseballspiel gezeigt wird. Rechts und links der Leinwand rasen rote Digitalziffern vorbei: Der *Dow-Jones*-Index, Euro-Kurs, Temperaturvorhersagen, Datum und Zeit. Auf die Leinwand ist eine gigantische Kaffeetasse aus Stahl montiert. In regelmäßigen Abständen pustet sie Wasserdampfwolken in die Luft. Zwei neue Zeilen für mein Gedicht fallen mir ein.

Blas mir heiße Atemluft
aus Hunderten von Gitterrachen ins Gesicht
Du riechst nach Kaffee, Kohlenmonoxid,
nach Mensch und Müll und Muffins

Die etagenhohen Filmplakate und der muffige Geruch machen mich schwindlig. Gebäude in allen Schattierungen von Sandstein bis Chrom wachen wie neuzeitliche Dinosaurier über die Straßenkreuzung. Die Wassertürme auf ihren Dächern glänzen und fangen die Mittagssonne wie Brenngläser ein.

In einer Seitenstraße finde ich ein freies Telefon. Aus der Nebenbox dringt die aufgeregte Stimme eines Mannes zu mir herüber. *»Come on, woman! What did I do to deserve this? Why do you treat me so bad?«* Unter der Glas- und Metallverkleidung der Box ragen seine dunklen Beine heraus. Mit seinen Turnschuhsohlen tritt er abwechselnd nach einem Loch zwischen zwei Betonplatten, aus dem zwei graubraune Grashalme wachsen.

Ich lasse es lange läuten. Stelle mir vor, wie das schnurlose Telefon auf einem der Sofas im Gang von Leroys Wohnung vor sich hin schrillt, ohne dass es jemand hört. Was, wenn er zwei Schichten hintereinander fährt? Oder nach der Arbeit verabredet ist? Was, wenn keiner seiner Mitbewohner heute Abend nach Hause kommt? Zum ersten Mal, seitdem ich meinen Koffer durch die Schwingtür von *Anne's Family Diner* gewuchtet habe, wird mir mulmig zumute. Erst als der grünblaue *Atlantic Bell*-Schriftzug gemeinsam mit dem U-Bahn-Zeichen vor meinen Augen verschwimmt, merke ich, dass ich weine.

»Please dial the number you wish to call now«, fordert mich eine Automatenstimme auf, nachdem ich noch einmal den Code meiner Telefonkarte eingegeben habe. Meine Finger finden die Tasten beinahe blind. Diese Nummer habe ich schon gewählt, wenn ich als Kind von Geburtstagsfeiern abgeholt werden wollte, wenn ich mich später auf Klassenfahrten langweilte. Diese Nummer gab es schon, als ich noch nicht geboren war. Ich möchte, dass mich einer tröstet, dass mir einer sagt, was zu tun ist, dass mich einer abholt und nach Hause bringt.

Nach dem fünften Klingeln springt ein Band an. »Wolfgang, Barbara und Jenny Ritter sind nicht zu Hause. Hinterlassen Sie Ihre Nachricht bitte nach dem Piepton.« Ich versuche meine Tränen herunterzuschlucken. »Mama«, sage ich gepresst, »ich bin bei Anne rausgeflogen, ich ziehe jetzt zu einem Freund. Ich melde mich dann wieder. Nicht böse sein. Bitte seid nicht böse.« Ich lausche noch einen Moment, aber am anderen Ende der Leitung ist nichts. Nur eine Maschine in einem leeren Haus.

Auf der Treppe zur U-Bahn drehe ich mich noch einmal um. Der Mann aus der Telefonbox neben mir hat den Hörer auf die Gabel geknallt. Ein verschwitztes Mädchen in Joggingshorts hat seinen Platz eingenommen. Während sie wählt, zieht sie abwechselnd ihre linke und ihre rechte Ferse an den Po und hält sie mit einer Hand fest. Dann beugt und streckt sie ihre Beine rhythmisch. Noch während sie spricht, beginnt sie wieder auf der Stelle zu traben.

Mein Koffer wird immer schwerer, lässt sich auf dem unebenen Betonboden des U-Bahn-Gangs kaum ziehen. Am liebsten würde ich ihn stehen lassen. Was habe ich schon zu verlieren? Wasser tropft von der Decke, immer wieder rempeln mich Menschen an, überholen mich, drängeln, stoßen, schieben sich an mir vorbei. *Subway lines at the far end of the corridor* steht auf einem Schild an der Wand und es kommt mir vor, als wäre der Weg endlos.

12

Im Hausflur riecht es vertraut. Schon als ich mit meinem Koffer die zerkratzte Holztür aufstoße, dringt mir der Duft eines Gasfeuerzeuges in die Nase, der Geruch einer eben erst angezündeten Zigarette. Bob muss zu Hause sein. Dann kann ich in der Wohnung warten und muss nicht im Treppenhaus sitzen.

Ich zerre mein Gepäck rückwärts die Treppe hoch in den zweiten Stock, klopfe an und rufe gleichzeitig.

»Bob? Bist du da?«

Ich erwarte, dass gleich das Sichtfensterchen von einem Auge verdunkelt wird, aber die Tür fliegt sofort auf. Er steht leicht vornübergebeugt, auf den Drehknopf der Tür gestützt, das steife Bein nach hinten weggestreckt. In der Hand hält er eine brennende Zigarette. Als er mich sieht, sacken seine Mundwinkel ein Stück nach unten. Als sei er enttäuscht mich zu sehen. Dann nimmt er einen tiefen Zug. Die Spitze glüht auf und knistert dabei.

»Jenny, natürlich, du bist es. Ich dachte ... Ach, ist doch egal.«

»Hast du mich mit jemandem verwechselt?«

»Ich kannte mal eine Frau, die klang genau wie du. Sie hatte so eine Art, das letzte Wort in jedem Satz zu dehnen wie Kaugummi. Als müsste sie sich zu jeder Silbe durchringen. Sie hatte allerdings keinen deutschen Akzent.«

Es kommt mir vor, als würde Bob betont beiläufig sprechen.

Als wäre er unschlüssig, ob er etwas herunterspielen oder mir eine lange Geschichte erzählen möchte. Ich bin sicher, es ist eine Liebesgeschichte. Und sie geht nicht gut aus.

»Aber was rede ich denn!« Bob schlägt sich mit der flachen Hand an die Stirn, so dass ich fürchte, die Zigarette könnte seine wenigen Haare in Brand setzen. »Ich erzähl dir hier mein halbes Leben statt dich reinzubitten!«

Er geht einen Schritt zur Seite und stößt einen überraschten Laut aus, als er meinen Koffer sieht.

»Hab mir schon gedacht, dass Leroy und du ganz schön verschossen ineinander seid. Aber dass du gleich bei ihm einziehst, wundert mich jetzt doch. Was ist da drin, die Bettwäsche mit den gestickten Monogrammen und ein Satz Geschirrhandtücher?«

Ich streiche mir mit den Fingerspitzen den Schweiß aus den Augenbrauen und setze mich auf die abgewetzte Sofalehne.

»Meine Vermieterin hat mich rausgeschmissen.«

Bob lässt sich in die Polster des Sofas gegenüber fallen. Er sieht nicht mitleidig aus, eher belustigt.

»Toll, das spricht für dich. Nur langweilige Menschen haben nie Ärger mit ihren Vermietern.«

»Du scheinst das gut zu kennen.«

Bob winkt ab. Dann drückt er seine Zigarette in einer blauen Keramikschale mit einer angeschlagenen Ecke aus und schiebt die Asche mit dem Filter zu einem Hügelchen zusammen.

»Es ist allerdings über 20 Jahre her«, redet er weiter, »dass ich zuletzt auf die Straße gesetzt worden bin. Ich hab damals mit meiner Freundin in einem Zimmer in Soho gewohnt, für 20 Dollar pro Woche. 20 Dollar, das muss man sich mal vorstellen! Lange bevor die Gegend von Galeristen und so genannten Künstlern aufgekauft wurde, die ein paar Tausend pro Monat für ihre Lofts bezahlen können.«

»Konntet ihr euch die Miete nicht mehr leisten?«, frage ich ungläubig.

»Nein, das war es nicht. Wir waren zu laut. Erst haben wir uns zu laut geliebt, später zu laut gestritten. Und dann ist die Sache mit der Treppe passiert.« Er hat angefangen mit dem Zigarettenfilter Muster in den Aschenberg zu zeichnen. Kleine Krater und Fjorde.

»Ich habe lange nicht an sie gedacht. Erst vorhin, als du an der Tür warst und ich deine Stimme gehört habe.«

Bob sieht mich an, dann wandert sein Blick höher. Im gleichen Moment höre ich Fußsohlen auf dem Holzboden. Dann legt sich eine große, kühle Hand auf meine Schulter.

»Leroy! Du bist ja zu Hause!«

»Vor einer halben Stunde gekommen. Gerade wollte ich dich anrufen, was machst du denn jetzt schon hier?«

Er geht einen Schritt um mich herum. Um seine Hüften hat er ein Handtuch geschlungen, dazu trägt er ein T-Shirt. An seinem Hals glitzern ein paar Wassertropfen. Er riecht nach Duschgel und blinzelt kurzsichtig, ohne Brille. In seiner improvisierten Toga erinnert er mich an einen afrikanischen Stammesfürsten. Er stutzt, als er meinen Koffer sieht.

»Ich wollte fragen, ob ich heute bei dir schlafen kann«, sage ich. Dabei fixiere ich die Schrift auf der Seite einer Milchtüte. *Fat free, low Cholesterol, Vitamine D added. Exp. Date June 29th.* »Ich bin in Queens rausgeflogen und bei meiner Freundin Connie geht es nicht«, füge ich schnell hinzu. Er soll nicht denken, dass ich ihm nachlaufe. Dass ich mich ihm an den Hals werfe.

»Nur heute?«, fragt er mit gespielter Enttäuschung. »Und was ist mit morgen und übermorgen?« Er hebt mein Kinn mit dem Zeigefinger an, ehe er mich küsst.

Als er mich unter den Achseln packt, auf die Füße stellt und in sein Zimmer dirigiert, wird mir schwindlig. Mir fällt ein, dass ich den ganzen Tag nichts gegessen habe, aber ich weiß auch, dass das nicht der einzige Grund ist. Ich lasse mich von ihm mitziehen, schließe die Augen und möchte sie nie wieder aufmachen. Außer um ihn zu sehen, wie er vor mir auf dem Futon kniet und mit einer eleganten Bewegung das Handtuch um seine Hüften löst. Er zieht die beiden Zipfel auseinander wie einen Theatervorhang.

»Jenny, Gott sei Dank! Gott sei Dank hat Mama deine Nachricht noch nicht abgehört, sie hätte sich sicher zu Tode erschrocken. Aber ich war auch ganz schön beunruhigt, als ich vorhin nach Hause gekommen bin und das Band angemacht habe! Wo bist du denn jetzt?« Mein Vater versucht ruhig zu klingen, aber es gelingt ihm nicht ganz. Hoffentlich hat er den Anrufbeantworter schon gelöscht.

Ich kauere mich in der Ecke des Bettes zusammen, schließe die Augen. Wenn ich mich bewege, riecht mein ganzer Körper nach Sex. Leroy liegt hinter mir zwischen zerwühlten Laken und fährt mit einem Finger meine Wirbelsäule entlang. Ich schlucke, bevor ich anfange zu sprechen. Ich will nicht, dass sich meine Eltern Sorgen machen, aber alles müssen sie auch nicht wissen.

»Ich wohne jetzt bei Leroy. Ich meine, bei ein paar Freunden. In einer WG in Manhattan. Mit Anne hab ich mich nicht mehr richtig vertragen. Dauernd hat sie mir Vorträge gehalten, wie gefährlich das Leben in dieser Stadt ist. Dabei hat sie keine Ahnung, sie kommt aus ihrer Klitsche in Queens ja nie raus.«

Es ist still bis auf ein kratzendes Geräusch. Ich sehe meinen Vater deutlich vor mir, wie er Asche aus seinem Pfeifenkopf schabt.

»Du hast was anderes gesagt.« Nun ist seine Stimme wieder ganz beherrscht. »Anne hat dich rausgeschmissen, hast du gesagt. Dafür wird sie wohl einen Grund gehabt haben, oder?«

»Ja, schon.« Ich nage an meiner Unterlippe. »Wir waren gestern Abend aus, ich meine Leroy und ich, und natürlich die anderen, meine neuen Freunde.« Schon wieder verhaspelt. Neustart. »Also, es war spät, und dann habe ich hier in der WG übernachtet und Anne nicht Bescheid gesagt.«

»Wer ist dieser Leroy?«

Ein Pochen am anderen Ende der Leitung. Mein Vater klopft die kalte Asche auf ein Stück Zeitungspapier aus.

»Leroy? Ein Bekannter von mir. Er schreibt Gedichte. Hast du schon mal was von Poetry Slams gehört?«

»Jenny.« Er dehnt die Silben, hebt die Stimme leicht an. »Mach mir nichts vor. Mami hat neulich schon erzählt, dass du auf einer Lesung warst. Hast du etwa einen neuen Freund?«

Im Hintergrund läuft Musik. Eine Jazztrompete, das muss gut passen zu der beginnenden Abenddämmerung hinter dem Kirschbaum im Garten. In Freiburg ist es jetzt fast halb acht.

»Ja. Irgendwie schon. Ich glaube, es ist ernst.«

Mein Vater seufzt. Es hört sich an, als ließe er die Schultern hängen. »Ich hoffe, du weißt, was du tust.«

»Er ist schwarz. Er ist Dichter und Fahrradkurier. Er ist der aufregendste Mann, den ich je kennen gelernt habe«, sprudelt es aus mir heraus.

»Und Anne«, wechselt er das Thema, »ist sie denn jetzt gekränkt?« So genau will er es also gar nicht wissen. Und ich dachte, ich sei ihm wichtig.

»Moment mal, vergiss nicht, sie hat mich rausgeschmissen! Und überhaupt, warum interessierst du dich mehr für deine Reisebekanntschaft als für mich? Was ist denn mit mir?« Meine Stimme kippt. Ich muss wieder schlucken.

»Und?«, fragt er schließlich, »was *ist* mit dir?«

Ich wünschte mir, ich hätte ein Telefon mit Kordel in der

Hand. Ich könnte sie zwischen meinen Fingern flechten, während ich mir eine Antwort überlege. Aber es ist ein schnurloser Hörer und mir fällt nichts ein, um die interkontinentale Stille zu überbrücken. Außer einer Frage.

»Ist Mami eigentlich zu Hause?«

»Nein, die hatte um halb sechs noch einen Termin. Sie wollte zur Studienberatung.«

»Was? Zur Uni?«

»Ja. Im Herbst möchte sie als Gasthörerin noch mal ein paar Vorlesungen anhören.«

»Sie ist doch klug genug!«

»Ja«, sagt mein Vater, »aber ich schätze, du wohnst nicht mehr lange in Freiburg. Und dann braucht sie etwas, womit sie sich beschäftigen kann. Ich habe meine Arbeit, aber sie sagt, sie hat seit 20 Jahren kaum noch ihren Kopf trainiert.« Einen Moment ist es still. »Wir haben damit gerechnet, dass du bald von zu Hause weggehst. Wir reden schon lange darüber, länger, als du weißt. Aber ich hoffe, du kommst jetzt nicht auf die Idee, in New York zu bleiben.« Er spricht ganz leise. Ich kann ihn kaum verstehen.

Ich versuche mir meine Eltern zusammen vorzustellen. Wie sie die Köpfe aneinander legen, wie sie seinen Nacken massiert, während es aus der Küche nach Lasagne duftet. Aber die Bilder sind alle schwarzweiß. Vielleicht liegt es auch an mir. Ich passe nicht mehr in das Puzzle ihres Lebens. Dafür habe ich zu viele eigene Konturen angenommen.

»Jenny, was ich noch fragen wollte: Bringt dir die Zeit in New York denn etwas? Ich meine, außer deiner neuen Liebe? Hast du was Neues herausgefunden über deine Möglichkeiten?«

»Weiß nicht. Es sind so viele.«

Er atmet laut durch die Nase aus. Ich bin nicht sicher, ob es eher ein verschlucktes Lachen ist oder ein ungeduldiges Schnauben.

»Na, dann hab noch eine schöne Zeit. Aber vergiss vor lauter Begeisterung nicht deinen Rückflug zu bestätigen.«

Ich überlege, ob ich ihm auch das sagen soll: Dass ich gestern auf dem Weg zu meinem Date mit Leroy im Büro der Airline war und eine Angestellte mit verkniffenem Mund und goldenen Uniformknöpfen gefragt habe, was es theoretisch kosten würde, mein Ticket umzubuchen, wenigstens um drei oder vier Wochen.

»Klar, ist notiert. Macht euch keine Sorgen. Und, Paps?«

»Ja?«

»Ach, nichts.«

Leroy hat seine Hand auf meine Brust gelegt. Meine Finger zittern, als ich auf den Knopf drücke und die Verbindung beende.

Die nächsten Tage und Nächte verbringen wir im Bett. Wenigstens kommt es mir so vor.

Leroy entdeckt meinen Körper für mich mit. Es ist wie eine Expedition durch ein unbekanntes Land, das ich seit 19 Jahren bewohne, ohne eine Karte dafür zu haben.

»Ich liebe diese Stelle«, sagt er, »wo dein Po aufhört und dein Bein anfängt. Warum gibt es keinen Namen für sie? Wollen wir sie irgendwie nennen?«

Seine Neugier macht mir Mut. Mut, ihn genauso zielstrebig zu erforschen. Ich stecke meine Nase in seine behaarte Achselhöhle, ertaste die weichen Stellen in seinen Kniekehlen, stecke meine Zunge in sein Ohr. »Das kitzelt«, schreit er, wirft mich herum, lässt mich schließlich über ihm sitzen. In seinem Nabel sammelt sich die Nässe. Wenn unsere Haut nicht von unterschiedlicher Farbe wäre, ich wüsste manchmal nicht mehr, wo sein Körper anfängt und meiner aufhört.

Es erregt mich, dass ich niemals die Initiative ergreifen muss. Dass er für alles sorgt: Kerzen auf dem Boden neben dem Futon, manchmal eine Flasche Wein. Ein Päckchen Kondome liegt griffbereit. Wir benutzen sie, ohne darüber zu diskutieren. Ich bin ihm dankbar für seine Selbstverständlichkeit. Woher soll ich wissen, mit welchen Frauen er schon im Bett gelegen hat? Der Gedanke daran macht mich im Nachhinein eifersüchtig. Der Gedanke an eine fremde Brustwarze zwischen seinen Lippen, seine Hände auf den Beinen eines anderen Mädchens. Da, wo die Schenkel in den Po übergehen, die namenlose Stelle.

Wir lieben uns beim Aufwachen. Unser Atem steigt zur Decke, wo ihn der Ventilator aufnimmt und mit der Luft vermischt. Draußen singen die Sirenen der Polizeiwagen, Hupen, die Lautsprecherboxen aus vorbeifahrenden Autos. Vom Bett aus sehe ich auf Baumwipfel und eine braunrote Ziegelwand. Die Farbe erinnert mich an Milchschokolade. Ich würde mich nicht wundern, wenn sie schmilzt.

Wir lieben uns am Nachmittag, wenn Leroy nach der Kurierschicht nach Hause kommt. Manchmal so ungeduldig, dass mir der Geruch nach Schweiß und Staub in die Nase dringt, wenn er sich aus seinen feuchten Kleidern schält und wir erst hinterher duschen gehen. Gemeinsam.

Und wir lieben uns in der Nacht, die niemals zur Ruhe kommt. Nur manchmal gibt es eine winzige Atempause, zwischen drei und vier, wenn die letzten Nachtschwärmer die Bars verlassen und bevor die ersten Schichtarbeiter aufbrechen, in die Großbäckereien, Schlachthöfe und Krankenhäuser. Wenn ich müde werde, schmiegt sich Leroy an meinen Rücken. Dann reibt er sich an mir, bis ich einsehe, dass er noch nicht genug hat. Dadurch komme ich wieder in Fahrt. »Du bist so sexy«, flüstert er, bevor wir wieder von vorne anfangen. So gedämpft, wie es geht, um nicht die ganze Wohnung aufzuwecken.

Leroy sagt, dass er mich liebt. Er sagt es zu jeder Tageszeit, in jeder Lautstärke, mit geschlossenen und mit geöffneten Augen. Ich habe nicht lange auf diese Worte warten müssen. Er hat sie schon an unserem zweiten Tag ausgesprochen und sie waren so selbstverständlich wie seine Umarmungen und sein Lächeln. Genauso selbstverständlich kann ich ihm antworten. *I love you, too.* In einer fremden Sprache haben die Worte weniger Gewicht. Nicht, dass ich sie nicht von ganzem Herzen sage. Aber ich käme mir zu schäbig vor, wenn ich sie auf Deutsch aussprechen würde. Während Jürgen immer noch nichts weiß.

Wenn ich jetzt E-Mails verschicken will, muss ich das Schlafzimmer nicht mehr verlassen. Leroy schaut mir über die Schulter, schmiegt sein Stoppelkinn in meine Halsbeuge. Gut, dass er kein Deutsch versteht. Jedes Mal, wenn der Briefkasten auf dem Bildschirm mit einer kleinen, elektronischen Fanfare aus den Lautsprechern ankündigt, dass ich neue Post habe, möchte ich mir am liebsten die Hände vor das Gesicht halten wie in einem Horrorfilm im Kino und ganz vorsichtig zwischen meinen gespreizten Fingern durchschauen, ob eine Nachricht von Jürgen dabei ist, eine Briefbombe, ein fest verschnürtes Bündel von Vorwürfen. Bisher habe ich Glück.

Dafür schickt Sandra täglich neue Mails. Letzte Woche hat sie mir noch vorgeworfen, dass ich nicht zugreife, dass ich ein Abenteuer ausschlage. Jetzt will sie nicht glauben, dass Leroy aufrichtig ist mit mir. Wahrscheinlich wäre ihr eine verhängnisvolle Affäre lieber gewesen, bei der sie mich mit ihren altklugen Ratschlägen begleiten könnte. Dass ich glücklich bin, erträgt sie schwer. »Okay, er sagt, er liebt dich. Aber die Amerikaner erzählen das jedem, das solltest du nicht ernst nehmen«, schreibt sie. Wenn sie nicht gerade neidisch ist, ist sie neugierig: »Wie ist es denn nun wirklich, mit einem Schwarzen? Sind sie bessere Liebhaber? Du weißt schon: Können sie länger?«

Ich antworte, dass ich nichts von Klischees halte. Dass ich nicht alle Schwarzen kenne, sondern nur einen. Dann schildere ich ihr ausführlich, was wir alles miteinander anstellen. Endlich habe ich etwas zu erzählen.

»Sandra, wer ist das, ist das ein Mädchen- oder ein Jungenname?«, fragt Leroy. »Was schreibst du ihr? Steht was über mich drin? Du musst es mir übersetzen!« Mit ein bisschen Fantasie ist das kein Problem, die schlüpfrigen Stellen lasse ich aus.

»Da steht aber viel mehr, als was du gerade gesagt hast, der Text muss doch viel länger sein!«

»Ach, weißt du, Deutsch ist kompliziert, da braucht man fast doppelt so viele Worte wie im Englischen.«

Eines Morgens lege ich träge eine Hand auf den Männerbauch neben mir, fahre mit den Fingerspitzen hin und her und bin plötzlich hellwach. Im Halbschlaf hatte ich gedacht, es wäre Jürgen. Eine andere Haut, ein anderer Nabel, andere Haare. Ich ziehe meine Finger zurück, als hätte ich mich verbrannt, und Leroy murmelt verschlafen etwas vor sich hin, dreht mir seinen fremd geformten Unterkiefer zu und seine breite Nase, seinen ausgeprägten Adamsapfel. Es ist, als würde ich in einem fremden Zimmer aufwachen, in einem Urlaub, auf den ich mich lang gefreut habe, und gleichzeitig merken, dass ich mein Flugticket und mein Hotelzimmer noch nicht bezahlt habe. Ich habe eine Rechnung zu begleichen. Ich muss Jürgen anrufen. Heute. Sofort.

Kaum kann ich es erwarten, dass Leroy sich anzieht, den letzten Löffel Frühstücksflocken vertilgt, seinen Kurierrucksack schultert und den Kinnriemen des Helms festzieht. Noch während ich seinen Schritten auf der Treppe lausche, nehme ich das Telefon mit in sein Zimmer, werfe es auf das Bett und starre es an wie ein feindseliges Tier. Es sieht aus, als starre es zurück.

Vier Stunden später sitze ich immer noch wie festgefroren da. Der Apparat liegt nicht mehr auf dem Bett. Amy ist zweimal hereingekommen, hat ihn sich geschnappt und auf dem Flur mit erregter Stimme Diskussionen geführt, ich glaube, mit ihrer Bank oder ihrer Kreditkartenfirma. Nach dem letzten Gespräch hat sie mir das Ding vor die Füße geknallt. Es ist zehn Minuten nach zwei, die Zeit rast, Leroy muss bald zurück sein. Das schnurlose Telefon wölbt sich wie der Rücken eines Walfisches im hellgrauen Teppichmeer, rechts davon eine einsame Insel aus Brotkrümeln, links ein buntes Rettungsfloß, ein Flyer mit den Daten der nächsten Poetry Slams. Daten bis in den September. Ich will nicht, dass Leroy ohne meinen Applaus auftritt und ohne meine Punkte. Er braucht mich doch auch. Als ich schließlich zum Hörer greife, tu ich es für ihn.

Mein zukünftiger Exfreund hebt nach dem fünften Klingeln ab. Seine Stimme klingt anders als sonst. Erwartungsvoll. Ein bisschen schrill. »Ja, Jürgen hier?«

»Ich bin's.«

»Oh«, sagt er schließlich. Als hätte ich kein Recht mehr auf diese vertraute Begrüßungsformel. Ich kann beinahe hören, wie er sich schief auf die Lippe beißt und zu Boden sieht.

»Hast du jemand anderen erwartet?«, frage ich.

»Nein ... ja ... ach, Jenny, ich wollte dir eigentlich heute eine Mail schreiben.«

»Und wieso hast du es nicht getan?«

»AOL hat zur Zeit Serverprobleme.« Er setzt zu einem kleinen Monolog über Bandbreiten und Einwahlknoten ein. Ich glaube ihm kein Wort und unterbreche ihn.

»Das ist doch völlig egal. Jürgen, ich muss dir was sagen.« Stille. »Ich hab jemand kennen gelernt.« Meine Stimme klingt fest, überzeugt, selbstverständlich. Das hätte ich mir gar nicht zugetraut.

Es ist still. Im Hintergrund läuft Musik. Jürgen hört *Massive Attack. It's you I love/and not another.* Ich höre ihn atmen. Zwischen zwei Zügen hält er die Luft an.

»Jürgen, bitte sag was!«

»Ja. Ich auch.«

»Was, du auch?«

»Ich hab auch jemand kennen gelernt. Ich meine, *näher* kennen gelernt.«

Mit dem Finger fahre ich über einen eingetrockneten Tomatensaucenfleck auf dem Teppichboden, staple die Brotkrümel aufeinander.

»Kenne ich sie?«, frage ich schließlich. Für einen furchtbaren Moment habe ich Bilder von Jürgen mit Sandra vor Augen. Obwohl sie doch nie an ihm interessiert war.

»Nein, ich meine, doch . . . es ist nicht so einfach.«

»Sag was! Wer ist sie?«

Er murmelt etwas, das wie »keine sie« klingt.

»Was? Ich verstehe dich nicht!«

»Na, du hast doch selbst davon angefangen. Neulich, als mich deine Mutter gesehen hat, im *Forum*. Da war er dabei. Du kennst ihn. Es ist ein Er. Christoph.«

Jürgen atmet ein paar Mal tief ein und aus wie nach einem 100-Meter-Sprint.

»Christoph? Du bist mit einem Typen zusammen? Verstehe ich das richtig, du bist – schwul?« Ich höre mich stottern, meine Stimme kippt und dann muss ich plötzlich lachen. Und kann gar nicht mehr aufhören. Es ist, als wäre plötzlich Licht angegangen in einem dunklen Zimmer.

»Hey«, kommt es zaghaft, »lachst du mich aus?«

»Nein«, ich verschlucke mich fast, »tut mir Leid, es ist bloß . . . warum bin ich nie darauf gekommen?«

»Vielleicht ist es nur eine Phase. Ich weiß es noch nicht. Ich bin bloß so furchtbar verliebt.«

Wie er das sagt. Sehnsüchtig. Weich. In diesem Ton hat er mit mir nie gesprochen. Nicht mal, wenn wir uns ganz nah waren.

»Und du, was ist mit dir?«, fragt er schließlich, »wen hast du dir angelacht?«

»Einen Dichter.«

»Ach so, darum die Lesung.«

Es ist still im Zimmer. Durch die Leitung dringt immer noch die Musik von *Massive Attack*. Eine Sirene heult vor dem halb geöffneten Fenster. Eine Gewinde quietscht laut. Das muss der Mann von *Schulz' Deli* gegenüber sein, der seine Markise über Plastikschälchen voller Obstsalat und Blumensträuße in Glanzpapier kurbelt. Mein Lachanfall ebbt endlich ab.

»Aber sag mal, ist dir das denn erst jetzt klar geworden? Wie war es denn, als wir noch zusammen waren? Ich meine, hast du da auch schon an Männer gedacht?«

Knarzende Schritte auf der Treppe. Ein Schlüssel im Türschloss. Der leise Singsang, als sich ein Türknopf dreht. Die Schritte sind jetzt ganz nah.

»Nein«, sagt Jürgen leise, »das heißt, ja. Ich habe es mir immer verboten.«

Leroy steht hinter mir, kniet sich auf den Teppich, schlingt seine Arme um meine Taille, kitzelt mich. Ich schreie auf, versuche ihn mit meiner freien Hand wegzuschieben.

»Jenny«, sagt Jürgen aufgeregt, »was ist los?«

»Mein Dichter ist gerade gekommen. Ich glaube, wir sollten ein anderes Mal weiterreden.«

»Jenny?«

»Ja?«

»Wir bleiben doch Freunde, oder?« Leroy hat angefangen an dem schnurlosen Telefon zu zerren, versucht meine Finger aufzubiegen, es mir wegzunehmen.

»Was machst du, spinnst du?«

»Wer ist denn dran? Gib mal her!«

Der Hörer fällt auf den Boden. Dumpf verschluckt der Teppich das Geräusch. Leroy bückt sich danach, hebt ihn auf, hält sich die Muschel gegen das Ohr. *»Hello? Anybody there?«* Gedämpft erklingt das deutsche Besetztzeichen. Jürgen muss aufgelegt haben. Leroy runzelt die Stirn, drückt an dem Hörer herum, prüft schließlich, ob das Gerät noch funktioniert, und legt es aufs Bett.

»Sag mal, geht's dir noch ganz gut? Du kannst mir doch nicht einfach den Hörer wegzerren, wenn ich telefoniere.«

Leroy hebt beschwichtigend die Hände. Sein Adamsapfel glänzt vor Schweiß.

»*Hey, keep cool.* War doch nur Spaß. Mit wem hast du da überhaupt telefoniert?«

»Mit einem Freund.«

»Ein Freund? Einem *boyfriend*? Willst du mir das vielleicht mal erklären?«

»Da gibt es nichts zu erklären.«

Leroy atmet schwer, beugt sich zu mir, streckt die Arme aus, schließt dann seine Hände um meine Brüste.

»Es ist ja auch egal«, sagt er leise. »Ich hab den ganzen Morgen an dich gedacht. Beinahe hätte ich einen Unfall gebaut. Komm her.«

Ich nehme seine Handgelenke, entwinde mich, stehe schwerfällig auf. »Jetzt nicht.«

»Wieso, bist du schlecht gelaunt?«

»Nein, ich wollte bloß ein paar Schritte spazieren gehen.«

Er seufzt, robbt sich rücklings zu seinem Futon, lässt sich fallen und streckt Arme und Beine von sich. »Ihr Deutschen mit euren ewigen Spaziergängen!«, stöhnt er theatralisch, »das liegt euch wohl im Blut!«

»Ich bin nicht lange weg.«

Aber Leroy antwortet nicht.

13

Ich achte nicht darauf, wo ich hinlaufe, stolpere immer wieder über die knöchelhohen Bürgersteige, zähle Feuerleitern. Erst als ich bei Nummer 37 angelangt bin, kann ich wieder klar denken. Wahrscheinlich brauche ich mindestens 370 Feuerleitern, um diese Nachricht zu verdauen. Aber es gibt ja genügend davon.

Jürgen ist schwul. Das weiß ich sicher, wahrscheinlich sicherer als er selbst. Es ist keine *Phase*. Dazu passt zu viel zusammen, das vorher nie einen Sinn ergeben hat. Ein Teil von mir ist erleichtert über sein Geständnis. Nicht nur, weil ich dann nicht alleine schuld bin an unserer Trennung. Auch, weil ich endlich verstehe, was zwischen uns schief gelaufen ist. Gar nicht anders laufen konnte.

Unsere Samstagabende, so vorhersehbar wie bei einem Ehepaar, das seit 30 Jahren verheiratet ist. Selbst meine Eltern sind spontaner als Jürgen und ich: Wir gehen tanzen oder ins Kino, fahren mit seinem Auto zu ihm nach Hause, in eine Kellerwohnung im Haus seiner Mutter. Dort sitzen wir eine Stunde nebeneinander auf dem dunkelblauen Ikea-Sofa, hören seine neuesten Platten, trinken einen selbst gemixten Limes oder ein Glas Prosecco oder eine Cola mit Rum.

Schließlich stehe ich auf und sage: »Ich geh dann mal ins Bad.« Eine Viertelstunde später, wenn ich schon unter der Decke liege, kommt auch er ins Schlafzimmer. Er riecht meterweit nach Zahnpasta und Mundwasser.

Mit dem Rücken zu mir setzt er sich auf die Bettkante. Er zieht sich bis auf die Unterhose aus und legt sich neben mich. Ziemlich schnell, weil es im Zimmer meistens kalt und feucht ist. Ich stütze mich auf den Ellenbogen und fahre mit den Fingern über seinen Bauch.

Meistens bleibt es dabei. Manchmal schlafen wir miteinander. Es geht schnell. Ich stöhne laut, um mich zu überzeugen, dass es mir Spaß macht. Manchmal vergesse ich es. Er bleibt immer still. Deshalb spüre ich nicht, wann er fertig ist. Erst, wenn er aufhört sich zu bewegen und sich von mir herunterrollt. »Ich liebe dich«, sagt er, bevor er sich auf die Seite legt und die Knie anzieht. Dabei dreht er mir den Rücken zu.

Sandra habe ich nie davon erzählt. Wenn wir zusammen sind, lässt sie sich meistens über ihre wechselnden Freunde aus. Thorsten, der immerzu Lust hat und im Ehebett seiner Eltern mit ihr schläft, während die im Wohnzimmer beim Fernsehkrimi sitzen. Tom, der Pornobilder im Internet anschaut und sie dabei anfasst.

Sandra tut so, als hielte sie die Männer für hüftgesteuerte Affen. Trotzdem präsentiert sie ihre Geschichten, als seien es goldene Pokale. Denn jede dieser Anekdoten beweist, wie begehrenswert sie ist. Dass sie kein Mädchen mehr ist, sondern eine Frau, mit allen Rundungen und allen knochigen Stellen am richtigen Platz.

Ich habe nie etwas zu erzählen gehabt von Fummeleien auf Autorücksitzen und verräterischen Laufmaschen. Wenn Sandra mich mit zweifelndem Blick gefragt hat, was ich eigentlich an Jürgen finde, habe ich ein geheimnisvolles Lächeln versucht und geschwiegen. Ich dachte, ich wüsste den Grund, ich dachte, ich sei einfach nicht sexy genug. Alles wäre anders, dachte ich, wenn ich nur hübscher wäre: Wenn ich drei Kilo weniger wiegen würde, wenn ich weniger Pickel und mehr Busen hätte. Dass ich einen Männerkörper gebraucht hätte, um Jürgen zu erregen – wie hätte ich denn darauf kommen sollen?

Als ich bei Feuerleiter 68 angekommen bin, kehre ich um. Je näher ich Leroys Wohnung komme, desto schneller werde ich. Die Treppe stürze ich im Laufschritt hoch. Er wird mich im Bett erwarten, nackt und schokoladenbraun. Und wenn er noch einmal nach Jürgen fragt, kann ich ihm die Wahrheit sagen. Mein Exfreund. Wir verstehen uns immer noch, obwohl er eine neue Liebe gefunden hat.

So wie ich.

Alles ist gut.

In der Diele riecht es nach Deospray. Leroys Zimmertür ist angelehnt. Ich weiß, er wird mich im Bett erwarten, die Rollos zur Hälfte heruntergezogen, so dass das Sonnenlicht ein Streifenmuster auf seinen Bauch zeichnet. Ich habe die Wohnungstür vorsichtig und leise geöffnet, ich werde ihn überraschen. Aber ich werde mich nicht sofort zu ihm legen, das nicht. Er soll nicht meinen, dass ich ihm alles durchgehen lasse, nur weil er die Dämmerung ins Zimmer gelassen hat, nur weil seine Stimme klingt wie schwerer Honig, wenn er meinen Namen sagt. Wenn er mich will, muss er mich bitten. Aber sicher nicht lange.

Vorsichtig gebe ich der Tür einen Schubs. Die Rollläden sind hochgezogen. Leroys Zimmer ist leer. Die Decke ist glatt gestrichen. So glatt, dass ich nicht einmal gegen jede Vernunft schaue, ob er nicht doch im Bett liegt, sich versteckt, auf mich wartet.

Auch die Küche ist leer, in der Wohnung ist es still bis auf das Ticken einer Uhr. Dann höre ich die Stimmen. Sie kommen aus der Galerie. Ich kann nicht hören, was sie sagen, aber es sind ein Mann und eine Frau. Ich schleiche mich an, von Dielenbrett zu Dielenbrett. Hoffentlich knarrt keins.

»Du stellst dich an, als hättest du noch nie eine Freundin gehabt«, höre ich jetzt Lydia sagen.

»Wieso, ich hab doch wohl ein Recht darauf, zu erfahren, mit wem sie da redet! Lydia, manchmal glaube ich, ich weiß nichts von ihr, gar nichts! Sie fällt einfach vom Himmel in mein Leben und ich weiß nicht mal, wer ihre Eltern sind, wer ihr nah steht, an wen sie denkt, wenn ich nicht bei ihr bin!«

»Mann, Leroy, dreh doch mal die Geschwindigkeit runter! Wie lange kennst du die Frau, zwei Wochen? Dann lass dir doch Zeit! Ist das eine Liebesgeschichte, die ihr zwei da habt, oder ist das so eine Art Gerichtsprozess?«

Leroy lacht, ich weiß genau, wie er jetzt seinen Kopf zurückwirft, wie seine verfilzten Haare dabei in der Kuhle zwischen den Schulterblättern hin- und herpendeln.

Lydia lässt nicht locker. »Ich meine, vertraust du ihr nicht? Glaubst du, in ihrem hübschen europäischen Köpfchen spuken noch andere Männer rum?«

»Es wäre mir ja egal«, sagt Leroy nach einer Pause. »Es wäre mir ja egal, wenn das so eine Art Urlaubsliebe wäre. Aber mit Jenny ist das anders. Hast du schon mal gesehen, wie sie mich anschaut, wenn ich auf der Bühne stehe? Verdammt, Lydia, ich hatte noch nie das Gefühl, dass eine Frau so an mich glauben könnte, so an meiner Seite steht. Ich könnte mir sogar vorstellen ...«

Das Geräusch ist so laut, als wäre in der Wohnung eine Bombe losgegangen. Mit dem linken Fuß bin ich auf ein loses Dielenbrett getreten. Jetzt hilft nur noch die Flucht nach vorn. »Leroy!«, rufe ich, »bist du zu Hause?« Dabei mache ich winzige, aber möglichst laute Schritte bis zur Zimmertür, als wäre ich gerade nach Hause gekommen und müsste noch die ganze Diele durchqueren.

Die Tür fliegt auf. Du hast nichts gehört, rede ich mir ein ohne die Lippen zu bewegen, du hast keinen Grund, gerührt zu sein, im Gegenteil, du hast ein Recht, wütend zu sein. Aber mein Gesicht gehorcht mir nicht, geht durch wie ein Pferd, ich fühle, wie ich lächle, strahle, als ich ihm entgegengehe, die Arme ausgebreitet. Sein T-Shirt riecht frisch gewaschen, als er meinen Kopf an seine Brust drückt.

»Da bist du ja schon wieder«, sagt er.

»Klar, was soll ich denn so lange ohne dich?«

»Weißt du, was ich vorhin noch sagen wollte?«, murmelt er in mein Haar. »Ich glaube, du solltest nicht so schnell wieder nach Deutschland fliegen. Kannst du dein Ticket nicht umbuchen?«

Später, viel später, bürste ich die Härchen an seinen Waden gegen den Strich, während er den Telefonhörer zwischen Ohr und Schulter geklemmt hat und mit beiden Händen meinen Nacken krault.

»Jenny Ritter, R-I-T-T-E-R. Nein, natürlich bin das nicht ich, das ist meine Freundin. Es geht um eine Umbuchung, sie will vier Wochen später zurück, New York – Frankfurt. Warteliste? Wie stehen denn die Chancen, wenn Sie den Namen auf die Warteliste setzen? Eins zu eins, das ist doch besser als nichts, ich gebe Ihnen meine Telefonnummer und Sie rufen an, sobald Sie eine Bestätigung haben.«

Leroys Finger haben Pause. Jetzt ist sein Mund an der Reihe.

Wenn Leroy da ist, schaffen wir es noch immer kaum, sein Zimmer zu verlassen. Einmal schlage ich vor ins Theater zu gehen. Ich habe noch nie einen amerikanischen Klassiker im Original gesehen und hier laufen gleich mehrere davon, *Endstation Sehnsucht, Tod eines Handlungsreisenden.* Aber Leroy lässt sich nicht überreden. »Ach was, Broadway«, winkt er ab, »für die Karten zahlst du dich dumm und dämlich, und dann sitzt du unter lauter Bildungsbürgern und frierst dir den Arsch ab, weil die Klimaanlage immer bis zum Anschlag aufgedreht ist. In ein paar Tagen ist ein Wettbewerb in der Poet's Bar, da kannst du mehr über Bühnen-Performance lernen als an allen Theatern in der 42. Straße zusammen.«

Die langen Stunden in seinem Zimmer machen mich glücklich, und sie machen micht träge. Vormittags liege ich nackt auf dem breiten Futon, die Beine übereinander geschlagen, die Fersen an die Wand gestemmt, und paffe eine von Bobs Zigaretten. Dabei blase ich blaue Rauchringe an die Decke und beobachte, wie Lichtstreifen über meinen Bauch wandern. Langsam verwandle ich mich in eine Sonnenuhr. Ich wünschte, ich könnte mich selbst so sehen. Aber Leroys Wandspiegel ist kaum größer als ein Taschenbuch.

Einmal habe ich noch versucht Jürgen anzurufen. Auf seinem Anrufbeantworter ist jetzt ein neuer Spruch mit einer Handynummer, unter der er zu erreichen ist. Vor der letzten Ziffer lege ich auf. Wer weiß, wo er das Handy bei sich trägt. Und bei was ich ihn stören könnte.

Zwischendrin trinke ich mit Amy zuckrigen Espresso. Sie hat einen neuen Job als Maskenbildnerin bei einer Krimiproduktion. Das wird ihren Bankmenschen freuen, denn der Job scheint gut bezahlt zu sein.

»Sie brauchen mich für die Schusswunden und Verletzungen!«, strahlt sie und fuchtelt mir mit einem Becher vor der Nase herum, den sie nicht am Henkel festhält.

»Schusswunden, ist das nicht eklig?«

»Im Gegenteil, das ist viel spannender als Vorabendserien. Da muss ich nur mit der Puderquaste über die Schauspieler drübergehen, das unterfordert mich.«

Chang bittet mich manchmal darum, meinen nackten Fuß an der

Tischkante abzustützen, damit er ihn zeichnen kann. »Ich bereite eine neue Bilderserie vor«, erklärt er, »sie soll *Extremities* heißen.«

Lydia gibt mir ihre Gedichte zu lesen. »Du bist doch Deutsche, ihr versteht doch was von Lyrik!« Einmal sehe ich ihr zu, wie sie am Fenster steht und rezitiert, für ihren Auftritt bei einem Slam übt.

»I am not looking for your love
'cause when it comes to sweetness
I'm better off alone
and when I come
I come full circle«

»Was sagt Paco dazu?«, frage ich.

Lydia steht stumm am Fenster und knetet ihre Locken. Dann dreht sie sich zu mir um. »In dem Gedicht geht es nicht um Sex, es geht um Politik. Um Unabhängigkeit von den Männern. Das heißt nicht, dass man sie nicht lieben dürfte.«

Ich antworte nicht darauf. Vielleicht würde ich etwas Falsches sagen.

Der Wettbewerb in der der *Poets' Bar* findet am 29. Juni statt, und er ist nicht unwichtig. Die drei Sieger werden auf eine Lesereise nach Kalifornien eingeladen. Den ganzen Abend davor trippelt Leroy von einem Fuß auf den anderen, während er halblaut Reime vor sich hin murmelt, er spielt an seiner Brille herum, knetet die Nasenwurzel, verschüttet zwei Wassergläser nacheinander. Zwischendrin beteuert er, wie wenig er für Kalifornien übrig hat und wie wenig ihm das Punktesystem bedeutet, mit dem Gedichte bewertet werden. Ich glaube ihm kein Wort.

Auch als ich ihn endlich überredet habe ins Bett zu kommen, hört er nicht auf zu üben. Ich male Buchstaben auf seinen nackten

Bauch. L-O-V-E. »Schau mal, ich kann sogar im Liegen rappen!«, lacht er nervös, spricht in meine Mundhöhle hinein, als er mich küsst. Nur mit Mühe kann ich ihn davon abhalten, mir Verse ins Ohr zu flüstern, als wir miteinander schlafen. *I am a poet / I come armed with the gift of fire.*

Auf dem Fußweg zur *Poets' Bar* muss ich ständig aufpassen, dass er nicht einem Taxi vor die Kühlerhaube springt. Selbstvergessen murmelt er seine Verse vor sich hin. Manche klingen wie Beschwörungsformeln. *Words of ancestors / spoken in the western winds.* So konzentriert ist er, dass er nicht einmal meine Hand richtig festhält. Seine liegt in meiner wie ein toter Fisch.

Wir betreten den Club und er lässt mich unbeachtet an der Bar stehen. Er hält Ausschau nach Reggie, dem Moderator. Ich bestelle einen Rotwein.

»Wie alt bist du?«

»Einundzwanzig«, lüge ich.

Der Kellner legt den Kopf schief und mustert mich aus hellblauen Augen.

»Und wie alt ist dein *boyfriend*?«

»Zweiundzwanzig, warum?«

»*Alright*, wenn die Polizei kommt, drückst du ihm den Wein in die Hand«, ermahnt er mich und zwinkert mir zu. Er schenkt das Glas voll, wickelt eine Papierserviette darum und reicht es mir über die Theke.

An einem Tisch in der Nähe der Bühne sind noch Plätze frei. Der Wein ist zu kalt und ein bisschen säuerlich. Leroy hat Reggie gefunden und sie stehen jetzt direkt vor mir. Sie stecken ihre Köpfe zusammen wie ein Liebespaar. Ich kann Leroy flüstern hören: »Tu mir einen Gefallen, wähl nicht zu viele Jungs aus Brooklyn in die Jury. Die haben hier ihre eigenen *Homeboys* im Rennen und geben mir garantiert keine Punkte, weil ich in Manhattan wohne.«

»Excuse me, may I sit here?« Ein Junge hat seine Hand auf die Lehne des Stuhles neben mir gelegt. Mit seinen dunklen Locken und seinem blassen Teint könnte er gut den Edelmann in einem Kostümfilm spielen.

»Sure!« Leroy hat keinen Blick für mich übrig und folgt Reggie hinter die Bühne.

Formvollendet streckt mir der Schwarzhaarige seine Hand hin. *»My name is Eli.«*

»Ih – Lai?«

»Die Kurzform von Eliah. Das klingt mir zu prophetisch.«

Wieder ein biblischer Name. Er erinnert mich an den kleinen Aaron, der mich auf der Fähre nach Liberty Island um ein Eis angebettelt hat. Nur dass dieser Typ hier ausgewachsen ist und nicht mal den Ansatz eines Bauches hat.

»Dann bist du wohl Jude«, sage ich, mehr zu mir als zu ihm.

Er zieht mit der Schuhspitze ein Stuhlbein zu sich heran und setzt sich hin.

»Ach was, meine Eltern sind Baptisten. Die haben mich nur so getauft, weil ihnen nichts Besseres eingefallen ist.«

Gott sei Dank fängt er an zu lachen, sonst hätte ich nicht gewusst, ob es Spaß oder Ernst ist. Ich bin es nicht gewohnt, mit Juden Witze zu machen. Schon gar nicht über sie.

»Du hörst dich aber auch nicht gerade an, als wärst du in Manhattan geboren«, sagt er.

»Ich bin Deutsche«, antworte ich und versuche ihm dabei in die Augen zu schauen. Ich bringe es nicht über mich. Der Satz klingt nach Schuldbekenntnis.

»*Hey, that's funny!* Gerade gestern habe ich mir eine CD von diesen DJs mit den komischen deutschen Namen gekauft. *Kruder & Dorfmeister* oder so ähnlich.«

Er stolpert über die ungewohnten Laute, aber natürlich verstehe ich den Namen trotzdem. Letztes Jahr war ich auf keiner Party, auf der nicht ihre CDs gespielt wurden. Alle meine Freunde haben sie, ausgenommen Jürgen. Der hat natürlich alle Stücke auf LP.

»Das sind keine Deutschen«, erkläre ich, »es sind zwei Wiener. Österreicher.«

»Ach, das ist fast dasselbe«, sagt er unbekümmert.

»Sag mal, ist das nicht merkwürdig für dich? Dass du dich hier einfach so mit einer Deutschen über Musik unterhältst?«, will ich wissen.

»Wieso, möchtest du über was anderes reden?«

»Nein, ich meine – wegen der Nazizeit.«

»Nazizeit? Du kannst doch nichts dafür, was deine Urgroßeltern getan haben!«

»Nein, natürlich nicht.« Ich suche nach den richtigen Worten. »Aber man darf nicht vergessen, was passiert ist.«

»Von vergessen rede ich auch nicht. Aber wo steht geschrieben, dass sich Deutsche und Juden nur über Konzentrationslager unterhalten dürfen? Außerdem«, fährt er nach eine kurzen Pause fort, »war ich noch nicht fertig. Bei *Tower Records* haben sie nämlich nur eine einzige CD von *Kruder & Dorfmeister*, gibt es in Deutschland noch mehr davon?«

Ich zähle gerade die Titel auf, da läuft Leroy vorbei. Er geht schnell, die Schultern zurückgezogen, und wirft mir einen kurzen Blick zu. Kein Lächeln. Sieht aus, als wäre etwas schief gelaufen. »Ich muss kurz meinem Freund alles Gute wünschen«, erkläre ich Eli.

Leroy lehnt sich an die Bar und rührt mit einem Strohhalm in einer Colaflasche. Zwischen seinen Brauen hat sich eine steile Falte gebildet. Er sieht ärgerlich aus, aber wahrscheinlich ist er nur konzentriert.

»Stimmt was nicht?«, frage ich. Er rührt weiter, als könnte er in den Colabläschen die Zukunft lesen.

»*I am having an interesting conversation with Eliah*«, beginne ich noch mal und will meine Hände um Leroys Taille legen. Er weicht zurück und verschränkt die Arme vor der Brust.

»Ach, du führst also *interessante Gespräche* mit einem jüdischen Arschloch?«

Ich bin so verblüfft, dass mir nichts mehr einfällt.

»Moment mal – neulich hast du davon geredet, dass du Schwule widerlich findest, und jetzt hasst du auch noch Juden?«, stottere ich schließlich. Leroy schüttelt ungestüm den Kopf. Er steht so nah vor mir, dass seine Rastalocken in mein Gesicht fallen. Sie riechen fettig.

»Weißt du, was ich nicht mag? Ich mag keine Typen, die mein Mädchen anquatschen. Und weißt du, was ich auch nicht mag? Dass mein Mädchen sich einfach so anquatschen lässt. Du hättest dich schließlich auch zu Lydia und Amy setzen können, die sind fünf Minuten nach uns gekommen. Aber Madame hockt ja lieber mit fremden Männern am Tisch. Madame führt ja lieber Telefongespräche von meinem Apparat aus und sagt mir nicht, mit wem sie geredet hat.«

Er starrt mich angriffslustig an. Ich starre zurück. Halte seinem Blick stand. Ich wünschte, ich könnte durch seine Pupillen hindurch in seinen Kopf sehen, erkennen, was noch an Vorstellungen über Frauen darin herumspukt. Über Frauen und wie sie sich zu benehmen haben.

Bevor ich ihm antworte, verschränke ich ebenfalls die Arme. Wahrscheinlich sehen wir aus wie zwei Cowboys kurz vor dem Duell.

»So, und jetzt hör mir mal gut zu«, höre ich mich sagen. Meine Stimme ist ganz ruhig, auch wenn mir das Herz bis zum

Hals schlägt. »Ich lasse mir von niemandem vorschreiben, mit wem ich reden darf. Ich lasse mich nicht einsperren. Von niemandem. Schon gar nicht von dir.«

Er sieht mich unverwandt an. »Das werden wir noch sehen.«

Plötzlich fällt mir mein Rückflugticket ein. Rote Buchstaben auf ockerfarbenem Grund. Eine Strecke, ein Datum, eine Uhrzeit. Es steckt in einer Innentasche meines Koffers, der hinter Leroys Schreibtisch steht. Ich sollte das Zahlenschloss besser abschließen, damit niemand das Ticket nehmen und es kaputt machen kann. Keiner außer mir kann den Code erraten. Sieben-sieben-sieben-sieben.

Leroy ist an diesem Abend nicht unter den Siegern. Auf dem Weg zu seiner Wohnung gehen wir nebeneinander her wie Fremde. Wir steigen wortlos die Treppe in den zweiten Stock hoch. Erst als ich mein Kissen von seinem Bett nehme und auf eines der Sofas auf dem Flur lege, hält er mich zurück. Er packt mich bei den Schultern. Im Schein der Straßenlaterne vor dem Fenster tanzen die Schatten seiner Zöpfe auf meiner Brust.

»*Sweetheart*, ich hab's nicht so gemeint. Das musst du verstehen, ich bin heute so angespannt gewesen. Komm mit mir ins Bett.« Und als ich nicht reagiere, fügt er hinzu: »Bitte!«

Während ich mein Kissen unter den Arm klemme und ihm folge, warte ich auf eine Entschuldigung. Eine ausgesprochene, eine klare Entschuldigung für das, was er getan hat. Aber von ihm kommen keine weiteren Worte. Ich schlafe nicht und auch er liegt wach. Hinter meinem Rücken wirft er sich herum und gräbt mit seinen Fingernägeln unter dem Kissen. Von dem Geräusch bekomme ich eine Gänsehaut.

Es ist die erste Nacht, in der wir uns nicht lieben. Erst am nächsten Morgen taumeln unsere Körper benommen ineinander, als wüssten sie noch nichts von unserem Streit. Unsere Hände tasten nacheinander, als hätte sie die Botschaft aus dem Kopf noch nicht erreicht. Während mich eine warme Welle wegspült, beiße ich ihn in die Schulter. Ich beiße so fest zu, dass die Spuren noch Minuten später zu erkennen sind. Er stöhnt leise auf. Aber er sagt nichts.

Vom Fenster aus kann ich sehen, wie er sein Fahrrad vom Gartenzaun loskettet, den Bauchgurt seines Rucksacks festzieht, das rechte Bein mit einer eleganten Bewegung über den Sattel schwingt. Ich drehe mich um und schaue mich im Zimmer um, als sähe ich es zum ersten Mal. Die ausgeblichene Rastafahne an der Decke. Der Wandschrank, der nicht richtig schließt. Die Stapel mit Flugblättern, auf denen eine Demo gegen Polizeigewalt angekündigt ist. Der graue Teppichozean. Das Zimmer lädt mich nicht zum Bleiben ein.

Das Telefon klingelt. Amy hat mich gebeten, dass ich drangehe. Für den Fall, dass es ihr Bankberater ist. Zum ersten Mal im Leben verdient sie regelmäßig Geld.

»Hello?«

»Liberty Travel Agency, American Airlines General Representative, West Broadway, mein Name ist Linda. Spreche ich mit Jenny Ritter? Sie hatten angefragt, ob Sie Ihren Rückflug nach Frankfurt, *Germany*, um vier Wochen verschieben können. Ich könnte Ihnen anbieten das Ticket umzubuchen. Zum einmaligen Sonder-Spartarif von 70 Dollar. Wenn Sie das Angebot nicht wahrnehmen, dann sollten Sie jetzt Ihr Rückflugdatum bestätigen.«

»Jenny ist nicht zu Hause«, sage ich, »ich richte es ihr aus. Bis wann muss sie sich spätestens entscheiden?«

»Na ja, garantieren kann ich für gar nichts. Aber spätestens übermorgen müsste ich schon Bescheid wissen.«

Ich gehe spazieren. Die schmalen, baumbestandenen Straßen, die Backsteinhäuser mit ihren Außentreppen, die Eingangstüren im Hochparterre beruhigen mich. Ein Mann und eine Frau kommen mir entgegen. Sie sehen aus, als wären sie Zwillinge. Beide tragen trotz der Hitze schwarze Hosenanzüge. Die Augen sind von dunklen Sonnenbrillen mit tropfenförmigen Gläsern verdeckt, die Haare weißblond.

Nach einer halben Stunde komme ich am Broadway an. Ich schlendere ihn ein Stück entlang und sehe mir die Auslagen an. Ein Feinkostladen hat sein Fenster mit Äpfeln dekoriert, die in den amerikanischen Nationalfarben lackiert sind. *Happy 4th of July!* steht in Schreibschrift auf einem goldenen Banner. Noch vier Tage bis zum Unabhängigkeitstag. Auch auf dem Wühltisch am Eingang von *Victoria's Secret* liegen Tangaslips in Rot, Blau und Weiß. Eine dicke Frau steht davor, zieht einen nach dem anderen heraus und hält ihn sich probeweise vor den Schoß. Trotz ihrer Körperfülle trägt sie ein enges Top. Es soll vermutlich nabelfrei sein, aber die Speckfalte in ihrem Bauch ist so mächtig, dass sie den Nabel vollkommen verdeckt. An ihrem speckigen Handgelenk baumelt eine braune Papiertüte, auf der in schwarz *Big brown bag* steht.

Aus einem Laden an der nächsten Straßenecke dröhnt mir Musik entgegen. Ich kenne das Lied, Connie hat es dauernd auf dem Cassettenrekorder abgespielt. In der Küche in Queens. Es kommt mir vor, als sei das sehr lang her. *Let's get loud, turn the music on.*

Zum Rhythmus von Jennifer Lopez betrete ich den Laden. Drinnen ist es kühl und ziemlich dunkel. Kaum haben sich meine Augen daran gewöhnt, steht ein Verkäufer vor mir. In den Augenbrauen und im rechten Nasenflügel trägt er Piercing-Ringe, im Kinn eine kleine Metallspitze. *»Hi, darling«*, sagt er, entblößt dabei zwei Reihen makelloser Zähne und eine ebenfalls gepiercte Zunge, *»how are you today? How may I help you?«*

Im linken Teil des Raumes stehen Schuhe im Regal. Rosafarbene Pumps mit Keilabsätzen, Schlappen aus Schlangenleder, degenspitze Stiefel. Rechts davon sind auf zwei metallenen Garderobenstangen bunte Minikleider und T-Shirts mit Comiczeichnungen drapiert.

»Ich bin mir nicht sicher. Einen Rock oder so?«

»Was für eine großartige Idee!«, strahlt der Verkäufer, als hätte ich ihm einen Wunsch erfüllt. Er fährt mit den Fingern durch seine himbeerfarbenen Haare und steuert auf eine der Garderobenstangen zu. Er zieht verschiedene Sachen heraus – einen Faltenrock aus grün gefärbtem Wildleder, etwas aus rosa Spitze –, aber nichts davon gefällt mir. Trotzdem habe ich das Gefühl, dass ich etwas anprobieren sollte. Einfach, um ihm einen Gefallen zu tun. Er gibt sich solche Mühe.

Als ich hinter dem schwarzen Samtvorhang stehe und mich mit den Knöpfen eines Lederminis abquäle, höre ich das Klappern seiner Absätze vor meiner Kabine. »Ich hätte hier noch was ganz Süßes, willst du mal sehen?« Eine Hand teilt die Samtfalten und hält mir einen knöchellangen Wickelrock hin. Er hat eine Farbe wie frische Tomatensuppe. Ich weiß sofort: Der ist es. Im Bund taste ich nach dem Etikett und bin erleichtert, dass er nur 60 Dollar kosten soll. Dann bleiben mir noch 40 von Annes Rückgeld für die Miete. Nett von ihr, dass sie mir einen Rock schenkt. »Kann ich ihn gleich anbehalten, wenn er passt?«, rufe ich dem Verkäufer zu.

An einem Imbissstand kaufe ich mir ein Sandwich mit Thunfischsalat. Ich esse es im Stehen, weit vornübergebeugt, damit nichts auf meinen neuen Rock fällt. Das ist gar nicht so einfach, denn wenn ich vorne in das Brot beiße, quillt die weiche Füllung hinten heraus. New Yorker Sandwiches sind nicht nur riesig, sondern der Belag ist auch so dick wie beide Brothälften zusammen.

»Nach meinen Berechnungen könnte man mit dieser Menge Thunfischsalat eine komplette Packung Toastbrot bestreichen. Und zwei bis drei kleine Cracker«, sagt eine Stimme hinter mir.

»Bob, was machst du denn hier?«

»Ein paar neue Tangaslips kaufen. Für den Nationalfeiertag.«

Ich muss lachen, halte das Brot schief und schon segelt ein Bröckchen Fisch durch die Luft. Es verfehlt den Rocksaum knapp und landet neben einer zerknüllten Stoffserviette im Rinnstein, wo sich sofort zwei Tauben darauf stürzen.

»Hast du Lust, noch ein bisschen spazieren zu gehen?«

Das muss man mir nicht zweimal sagen.

Bob läuft erstaunlich geschickt mit seinem steifen Knie, aber trotzdem geht es nur noch mit halber Geschwindigkeit weiter. Wir bewegen uns wie auf der Autobahn-Kriechspur, alle überholen uns. An der vierten Kreuzung steuert er auf eine Grünanlage zu, mehr eine Verkehrsinsel als ein Park. Ein alter Mann sitzt auf einer weiß lackierten Bank im Schatten eines Baumes. Trotz der Hitze trägt er ein kariertes Hemd, einen Strickpullover und ein Jackett, auf dem Kopf eine eingedellte Baskenmütze.

»Der sieht aus, als käme er direkt von einem italienischen Dorfplatz«, sage ich.

»Kommt er vielleicht auch, *Little Italy* ist nicht weit von hier.« Bob steuert die zweite Bank an und setzt sich.

Nach einer Weile frage ich: »Ist das nicht schlimm, ausgerechnet in New York ein kaputtes Bein zu haben?«

»Weil hier alles so schnell geht, meinst du? Klar ist das frustrierend. Aber wenn man nicht so durchs Leben hetzt, dann sieht man auch mehr.«

Du bist auch wild entschlossen das Leben von der positiven

Seite zu sehen, möchte ich antworten. Aber mir fällt nicht ein, was *entschlossen* heißt.

Aus einem Lüftungsschacht mitten auf der Kreuzung quillt Dampf. Ein riesiger, rostiger Wasserturm wirft einen Schatten auf das Dach eines Hauses. Ein Taxi fährt vorbei. Der Fahrer trägt einen Vollbart und einen weißen Turban. Ich glaube, ich weiß, was Bob meint. Sein Blick wandert an mir herunter, bleibt an meinem neuen Rock hängen.

»Und was siehst du, wenn du langsam in New York unterwegs bist?«, frage ich.

»Schöne Frauen zum Beispiel«, sagt er und grinst.

Ich schlage meine Beine übereinander. Es ist mir unangenehm, wenn er mir Komplimente macht. Schließlich ist er Leroys Freund. Und etwa so alt wie mein Vater.

»Dein Knie«, wechsle ich das Thema, »Leroy hat erzählt, es war ein Unfall.«

»Kann man so sagen. Auf jeden Fall wollte sie mich nicht verletzen. Auch wenn sie mir andererseits wahrscheinlich den Tod an den Hals gewünscht hat.«

»Wer, sie?«

»Ich habe dir von der Frau erzählt, mit der ich zusammengelebt habe«, sagt Bob, verschränkt die Arme hinter seinem Kopf und blinzelt gegen das Sonnenlicht. »Eines Morgens haben wir uns auf dem Treppenabsatz gestritten. Das war ein Fehler. Sie hat mich nicht absichtlich gestoßen, aber ich bin sämtliche Stufen heruntergefallen und mit dem Knie gegen eine Steinkante geprallt. Ich wusste sofort, dass es gebrochen war. Das Splittern habe ich heute noch im Ohr. Vielleicht, wenn ich eine gute Krankenversicherung und genug Geld für einen Arzt gehabt hätte, dann hätten sie mich wieder zusammenflicken können. Aber ich hab damals von Gelegenheitsjobs gelebt. Ich meine, das tu ich heute auch, aber damals waren sie noch viel mieser und noch schlechter bezahlt. Der reinste Hungerlohn. Darum musste ich zu einem Chinesen in der Mulberry Street gehen, der Behandlungen zum Discountpreis angeboten hat. Ich glaube, der war eher Tierarzt als Chirurg.« Er grinst, aber seine Mundwinkel zucken.

»Warum war deine Freundin denn so wütend?«

»Ich sage ja, es war Morgen und ich kam nach Hause. Um genau zu sein, ich kam von einer anderen Frau.«

»Du hast sie betrogen?«

Bob sieht mich an und seufzt. »Manchmal kommt ihr mir alle vor wie ein Kirchenchor aus dem Mittleren Westen. Du und Leroy und eure Freunde. *Betrogen*, wenn ich das schon höre. Wir hatten andere Ideale. Wir glaubten an eine Form von Liebe, die den Menschen nicht einengt, den Körper nicht unterdrückt, Gefühle nicht in richtig und falsch einteilt.«

Ich verstehe nicht, was er meint. »War denn was zwischen dir und der anderen Frau?«

»Ob da was war!«, wiederholt er, schüttelt den Kopf und lacht. »Was für ein Ausdruck! Ob ich mit ihr geschlafen habe, willst du wissen? Ob ich sie gevögelt habe? Na klar hab ich das! Das war eine andere Zeit, das könnt ihr euch heute gar nicht mehr vorstellen.« Er seufzt genießerisch. »Die Frauen nahmen die Pille, von Aids wusste noch keiner. Die Stadt war wie ein riesiger Selbstbedienungsladen, in dem alles im Angebot war. Wenigstens in den Kreisen, in denen wir uns bewegt haben. Man traf sich auf Partys, in Bars, in kleinen Hinterhofgalerien. Ein Blick, ein Kopfnicken, der verrutschte Träger eines Hemdchens – das hat manchmal schon genügt als Einladung für eine Liebesnacht.«

Ich sehe ihn ungläubig an. »Und da wunderst du dich, dass deine Freundin durchgedreht ist?«

»Weißt du, wir hatten ein Arrangement. Ich habe ihr nie

irgendwas verheimlicht, in den ganzen drei Jahren nicht, die wir uns kannten. Wir haben uns nie verboten andere Liebhaber zu haben. Bloß hat sie davon keinen Gebrauch gemacht. Ein oder zwei Mal höchstens. Ich glaube, es hat ihr nicht mal Spaß gemacht. Sie hat es nur getan, um sich nicht so hilflos zu fühlen. Um sich an mir zu rächen.«

»Ich bin ganz froh, dass ich diese Zeit nicht mehr erlebt habe«, sage ich und streiche meinen Rock glatt, »ich wäre damit auch nicht zurechtgekommen.«

Bob ist so in Gedanken versunken, dass er mir gar nicht zuhört.

»Als ich sie kennen lernte, dachte ich, es würde gehen. Sie kam mir vor wie die unkonventionellste Frau auf Erden. Aber irgendwann habe ich gemerkt, dass sie in Wirklichkeit gar kein Interesse an einer offenen Beziehung hatte. Behauptet hat sie das, ja, aber nur, weil sie mich nicht verlieren wollte, weil sie mir beweisen wollte, wie modern sie war. Am Abend vor unserem letzten Streit hat sie es sogar zugegeben. Dass sie mich ganz für sich allein wollte, ganz bürgerlich. Als ich weggegangen bin, hat sie geweint und gesagt, am liebsten würde sie mir Fußfesseln anlegen. Das hat sie geschafft, gewissermaßen.« Bob tätschelt sein steifes Knie. »Danach war's vorbei mit dem süßen Leben. Aber das hat sie leider nicht mehr erlebt.«

»Und du«, frage ich, »hast du sie denn geliebt?«

»Ja. Natürlich. Ich wollte und konnte nicht treu sein, aber ich hätte sie nie verlassen. Ich wollte den Rest meines Lebens mit ihr verbringen.«

Sein Gefühlsausbruch überrascht mich. Er wischt sich sogar eine Träne aus dem Augenwinkel und versucht gar nicht es vor mir zu verbergen.

»Warum gerade sie?«

»Im Grunde ihres Herzens war sie nie wirklich eine Hippiefrau. Aber trotzdem war sie ein freier Mensch, freier als wir anderen alle miteinander. Sang laut auf der Straße. Sprang in einer schwülen Nacht in den See im Central Park. Ich sehe sie noch vor mir, wie sie von der Wiese aufsteht, sich aus ihrem Rock schält und zum Ufer läuft. Es war so ein ähnlicher, wie du ihn anhast. Aber mit diesen komischen Mustern, die damals modern waren«, sagt er und rudert mit den Fingern in der Luft auf der Suche nach einem Wort. »Wie nennt man das, diese ausgewaschenen Stellen in einem farbigen Stoff?«

»Batik?«, frage ich.

»Genau, Batik.«

»Was ist aus ihr geworden?«, frage ich aufgeregt.

Er zögert. »*I have no idea*. Sie hat mir noch ein Taxi gerufen, das mich zum Arzt bringen konnte. Das ist mein letztes Bild von ihr, wie sie im Schatten einer Feuerleiter am Straßenrand steht und den Arm ausstreckt. Und ihr verweintes Gesicht hinter einem Vorhang aus blonden Haaren. Als ich zwei Stunden später zurückgekommen bin, mit einem übel riechenden Salbenverband auf dem Knie und höllischen Schmerzen, war sie weg. Und alle ihre Sachen auch. Im Flur lag ein handgeschriebener Zettel auf dem Boden. Ich hoffte, es wäre wenigstens ein Abschiedsbrief. Aber er war von unserem Vermieter. Er hatte die Kündigung für das Zimmer unter dem Türspalt durchgeschoben. Die Nachbarn hätten sich seit Wochen über unseren Lärm beschwert und nun sei das Maß endgültig voll.«

Bob fährt mit dem Zeigefinger die Adern nach, die sich auf seinem Handrücken abzeichnen. »Sogar unsere gemeinsamen Fotos hat sie mitgenommen. Aber mein Lieblingsbild habe ich noch immer im Kopf, so deutlich wie kein Abzug auf Papier jemals sein könnte. Ich habe es selbst gemacht. Sie steht mit erhobenem Kopf auf einem Mäuerchen im Central Park. Die rechte Hand hat sie hochgehoben wie die Freiheitsstatue ihre Fackel. Darin hält sie eine Blume. Wahrscheinlich eine Rose, das habe ich vergessen.«

Einen Moment sagen wir beide nichts. Der alte Mann auf der Bank neben uns blättert mit gelben Fingerkuppen die Seiten des *Corriere della Sera* durch. Ein Junge im schwarzen Netzhemd überquert die Straße, als *Don't walk!* an der Ampel aufblinkt. Er trägt eine E-Gitarre im Arm, behutsam wie ein Baby, das seinen Kopf noch nicht halten kann.

»Es ist keine Rose«, sage ich schließlich, »es ist eine Sonnenblume.«

14

»Um fünf beim *Tea House*«, hat Leroy gesagt, »am Nordufer.« Ich möchte mir den See im Central Park anschauen, er hat ein paar Kuriersendungen auf der Upper West Side abzuliefern, und so haben wir uns hier verabredet.

Es ist das erste Mal, seitdem ich bei ihm wohne, dass wir uns nicht zu Hause treffen. Wir haben ein Date. Ich sitze auf der Wiese und warte auf das Herzklopfen. Das Herzklopfen von vor einer Woche, als ich im Café saß und den Schweiß von meiner Nase tupfte. Aber mein Puls geht ruhig und gleichmäßig. Unser Streit vor drei Tagen war kein reinigendes Gewitter. Eher ein Regenguss, der langsam schwächer wird, aber noch nicht aufgehört hat. Nieselregen, der die Farben dämpft.

Über den Baumwipfeln auf der Westseite des Parks erheben sich sandfarbene Wolkenkratzer. Manche von ihnen erinnern an mittelalterliche Burgen mit mächtigen Doppeltürmen, manche wachsen in mehreren Stufen in den verhangenen Himmel. Ab und zu schickt die Sonne einen Strahl zwischen zwei Wolken durch. Dann feuern die stählernen Wassertürme auf den Dächern Lichtblitze ab, so gewaltig, dass man sie bis hierher sehen kann.

Am Gehwegrand, ein paar Meter neben mir, hat ein Chinese in einem weißen Gewand einen Massagestuhl aufgebaut. Darauf kniet eine junge Frau. Schultern und Kopf hängen schlaff vornüber. Der Chinese bearbeitet ihren Rücken mit den Handkanten, als sei sie ein Schlagzeug. Ein Kind auf Skates steht wacklig daneben, streckt den dicken Kleinmädchenbauch heraus und versucht das Schild zu entziffern. *Shiatsu-Entspannungsmassage, 20 Dollar.* Auf dem See gleiten Boote vorbei. *Baden verboten, Lebensgefahr!,* warnt eine braune Hinweistafel.

Ich schließe die Augen und stelle mir Anne vor, wie sie nackt ins Wasser läuft. Die Geräusche um mich herum verbinden sich zu einer Melodie mit mehreren Stimmen: Die Schläge auf den verhärteten Rückenmuskeln der Frau, Autolärm aus der Ferne und das Eintauchen von Rudern ins Wasser. Und ein Fahrradreifen, der beim Bremsen Kieselsteine aufwirbelt.

Leroy legt das Rad ins Gras und beugt sich zu mir herunter. Ich küsse ihn neben den Mund. Er lässt sich fallen, bettet seinen Kopf in meinen Schoß. Von hier oben sieht er kleiner aus, als er ist. Ich lege eine Hand an seine Schläfe, fahre an seinem Haaransatz entlang. Es ist kein richtiges Streicheln.

»Ich habe vorhin zu Hause Bob getroffen«, erzählt er, »und er hat sich ganz merkwürdig benommen. Stand vor dem Spiegel und probierte eine Jeansjacke an. Drunter hatte er ein rosa Hemd. Hat ausgesehen, als würde er zu einer Party gehen. Aber einer Party von 1978.«

»Und, wo wollte er hin?«

»Er hat gesagt, er hätte morgen Besuch aus der Vergangenheit. Von einer Frau. Und er müsste sich gut überlegen, was er anzieht. Mehr wollte er mir nicht erzählen, er hat gesagt, das könnte Unglück bringen. Ganz gepresst hat er gesprochen, total nervös.«

»Ich kann dir das erklären«, sage ich und kratze Leroys Bartstoppeln gegen den Strich. »Meine alte Vermieterin ist seine frühere Freundin.«

»Was? Die Schlampe, die ihn die Treppe runtergeworfen hat?«

»Es war ein Unfall«, sage ich.

»Aber das passt überhaupt nicht zusammen! Mir hast du erzählt, dass sie eine spießige Kneipenwirtin ist. Und Bobs Geschichten handeln von einem leicht durchgeknallten Hippiemädchen.«

»Nach der Sache mit ihm hatte sie wohl genug von der großen Freiheit. Dann ging es ihr nur noch um Sicherheit. Er hat mir erzählt, dass sie damals in einem polnischen Diner in Queens als Kellnerin gejobbt hat, *Dan's Family Diner.* Den Besitzer, Dan Koslowsky, hat sie dann geheiratet.«

»Und jetzt ist ihr Mann tot und der Laden gehört ihr.«

»Genau.«

Leroy schüttelt den Kopf. »Und ausgerechnet du bringst sie wieder zusammen.« Er setzt sich auf. Jetzt überragt er mich wieder um einen Kopf. Er nimmt mein Gesicht in die Hände. »Im Grunde glaube ich nicht an Zufälle. Auch, dass wir uns begegnet sind, sollte so sein. Ich meine, da steckt ein tieferer Sinn dahinter. Du bist doch mein Mädchen, oder?«

Er ist so nah, dass ich ihn inhalieren kann. Leder, frischer Schweiß. Seine Zunge schmeckt nach Knoblauch und einem fremden Gewürz. Ich warte auf die Signale in meinem Körper, Funkenflug, aber alles bleibt still. Ich fühle mich wie ein See im Regen.

»Ich kann mir gut vorstellen, dass Anne Bob gleichzeitig gehasst und geliebt hat, nach allem, was passiert ist«, rede ich weiter, als Leroy mich loslässt.

»Er muss eine ganze Menge Affären mit anderen Frauen gehabt haben«, sagt er schulterzuckend.

Ich umarme meine Knie und lege den Kopf darauf.

»Jenny?«

Ich schaukle langsam vor und zurück.

»Was ist denn heute bloß mit dir los?«

Die Frau auf dem Massagestuhl hat sich erhoben, streicht ihr

Kleid glatt und drückt dem Chinesen einen Schein in die Hand. Er bedankt sich mit einer kleinen Verbeugung. Dann nimmt sie das kleine Mädchen an die Hand. Es stakst auf seinen Skates über den Kiesweg. »Mummy, kannst du mich ziehen?«, bettelt es. »Ach, unser Baby ist müde!«, antwortet die Mutter und nimmt das Kind auf den Arm. Ein Regentropfen fällt auf meinen Scheitel und rinnt langsam über meine Stirn.

»Jenny? Was hast du denn?«

Tränen laufen über meine Wangen und machen den Halsausschnitt meines T-Shirts nass.

»Heimweh«, sage ich.

Leroy nimmt mich in den Arm. Ich lasse es geschehen ohne mich zu bewegen. Seine Schulter ist warm und hart.

»Ich kenne das gut. Als kleiner Junge bin ich mit meinen Eltern nach New York gekommen und ich hab Trinidad so vermisst. Den Wind, das Wasser und meine Großmutter. Sie saß im Schaukelstuhl auf der Veranda.«

»Und wann hat das Heimweh aufgehört?«, frage ich schniefend.

»Als ich nach vielen Jahren zurückkam nach Trinidad, habe ich gemerkt, dass es gar nicht um diesen Ort geht. Sondern um die Erinnerungen. Die kann mir niemand nehmen, weil sie hier drin sind.« Leroy schlägt sich mit der flachen Hand gegen die Stirn. Dann hält er mich wieder fest, drückt mich. Eine Mischung aus Umarmung und Schwitzkasten. »Und so wird es dir auch gehen«, fügt er hinzu.

Ich trockne meine Augen mit meinem T-Shirt-Ärmel ab. Dabei fällt mir meine Mutter ein und ich muss unter Tränen lachen. Ich gehe noch immer ohne Taschentuch aus dem Haus.

»Wieso mir? Am 7. Juli fliege ich zurück nach Deutschland«, sage ich schniefend.

»Was, wieso denn?« Leroy hält mich eine Armlänge von sich entfernt und reißt erschrocken die Augen auf. »Ich dachte, du hast umgebucht?«

Ich schüttele den Kopf. »Ging nicht. Keine freien Plätze. Und noch später zurückfliegen – dann hätte ich überhaupt keine Dollar mehr übrig.«

Bis gerade eben war ich nicht sicher. Aber plötzlich weiß ich, dass ich Linda heute noch anrufen und das Datum auf meinem Ticket bestätigen werde.

Leroy und ich sitzen nebeneinander und schweigen. Nur unsere Oberarme berühren sich. Es kommt mir vor, als könnte ich hören, wie sich unsere feinen Körperhärchen aneinander reiben. Wieder fällt ein Tropfen auf mich herunter. Aber der Regen wird nicht stärker.

»Wie hast du das gemeint, mit dem Heimweh?«, frage ich schließlich, »dass es vergehen würde?«

Leroy nimmt meine Hände in seine und sieht mich an. Er seufzt laut, bevor er zu sprechen anfängt. »Ich habe gedacht, wir hätten noch ein bisschen mehr Zeit«, sagt er dann und räuspert sich, »und vielleicht kommt es dir sehr voreilig vor. Ich weiß, wir kennen uns noch nicht lange und wir wissen noch lange nicht genug voneinander. Aber ich möchte verdammt noch mal nicht den gleichen Fehler machen wie Bob und die Frau einfach gehen lassen, die ich liebe.«

Ich fixiere unsere verschränkten Hände. Meine Finger hängen weiß und schlaff in seinen, als hätte sie jemand aus Versehen dort liegen lassen.

»Jenny, schau mich an«, sagt Leroy, »ich möchte nicht, dass du gehst. Ich möchte, dass du bei mir bleibst.«

»Ich fliege zurück nach Deutschland. Das heißt nicht, dass wir uns nicht wiedersehen.«

»Du kannst jetzt nicht so tun, als wäre das zwischen uns nichts weiter als eine Affäre! Du hast gesagt, du liebst mich!« Seine Finger kneten meine.

»Wie stellst du dir das vor?«, frage ich. »Ich bekomme höchstens für drei Monate ein Touristenvisum. Und ewig wird mein Vater nicht für mich zahlen. Ich kann in den USA nicht mal einen Job annehmen.«

»Ich weiß.« Leroy nickt bedächtig. Er sieht mich erwartungsvoll an, als müsste ich gleich aufspringen, mir an den Kopf fassen und schreien: Klar, warum bin ich nicht gleich darauf gekommen! Stattdessen erwidere ich seinen Blick verständnislos.

»Jenny«, sagt er feierlich und räuspert sich noch einmal, »ich würde dich sofort heiraten.«

15

Manhattan ist nicht groß genug. Für diese Entscheidung bräuchte ich einen Spaziergang, der Tage oder Wochen dauert. Vom Südzipfel Staten Islands bis in den Norden der Bronx. Und wieder zurück.

Ich kann Leroy nicht länger dabei zusehen, wie er stumm auf dem Sofa sitzt, mit seinem Daumen Löcher in die Rückenlehne pult, auf dem Bügel seiner Brille herumnagt und mich mit Blicken verfolgt, wenn ich auf und ab gehe. Sein Schweigen hat mich schon gestern Abend ganz mürbe gemacht. Ein zweites Mal ertrage ich es nicht.

»Ich geh mal eine Runde Luft schnappen«, sage ich zu ihm und muss dabei an das Lied von Udo Jürgens denken. Ein Mann geht Zigaretten holen und spielt mit dem Gedanken, nie mehr zu Frau und Tochter zurückzukommen. Noch vor ein paar Tagen wäre ich am liebsten keine Sekunde ohne Leroy gewesen. Ich habe den Zeiger meiner Uhr angefeuert, dass er sich schneller bewegt, wenn Leroy mal nicht da war, Gemüse kaufen ging, auf Tour war, sogar, wenn er für fünf Minuten im Bad verschwand. Jetzt fühle ich mich, als seien wir zusammen in einer Wohnung eingeschlossen, in der Feuer ausgebrochen ist. Ich wundere mich, dass er mich nicht daran hindert, meine Finger um den Türknopf zu schließen, ihn nach rechts zu drehen, auf den Hausflur zu treten, schließlich die Treppen hinunter und auf die Straße zu laufen.

Gestern habe ich Linda von der *Liberty Travel Agency* angerufen. »Sie wollen Ihre Flugdaten also doch nicht ändern? *Alright*, dann gute Reise.« Als ich den Hörer auflegte, fühlte ich mich wie nach einem Freispruch. Aber jetzt tickt eine Zeitbombe in meinem Kopf, die ich nicht entschärfen kann.

Noch drei Tage, sechzehn Stunden, neun Minuten bis zum Abflug.

Die untergehende Sonne spielt Verstecken mit den Häusern. Mal kann ich die rote Halbkugel sehen, mal wird sie verdeckt von einem Wirrwar aus braunen Ziegelwänden und Wassertürmen. Als ich an einer Subway-Station vorbeikomme, merke ich, dass der Gang um den Block nicht ausreicht. Ich muss Abstand zu Leroy haben, körperlichen Abstand, mindestens ein paar Stationen mit der U-Bahn.

Ich habe das Ende der Stoßzeit nach Feierabend erwischt. Auf dem Bahnsteig liegen Glasscherben, verklebt mit einer dunklen Flüssigkeit, und der einfahrende Zug ist mit Schulkindern auf dem Nachhauseweg überfüllt. Die Jungen hängen sich an die Haltestangen und versuchen trotz der Enge Klimmzüge. Die Hitze macht sie aggressiv. Die Mädchen sitzen einander auf dem Schoß, die Taschen zu ihren Füßen verstaut. Die Stimme des Fahrers scheppert aus den Lautsprechern. *Sorry for the delay, there's a train ahead.*

Am Washington Square steige ich aus. Hochhäuser in verschiedenen Brauntönen umstehen den Platz. Die Sonne steht tief. Wind streicht durch die Häuserschluchten. Ich schlendere die 5th Avenue entlang, vorbei an den Schaufenstern pakistanischer Teppichhändler, von denen einige ihren Laden schon geschlossen und mit einem Eisengitter abgesichert haben.

Eine schwarze Limousine mit verdunkelten Scheiben und drei Türen auf jeder Seite gleitet an mir vorbei. Dabei muss ich an

Connie denken. Wie gerne hätte sie ein solches Auto mit Chauffeur gehabt. Mit Fernsehbildschirmen in der Sitzlehne, Bar, Autotelefon. Aber selbst wenn sie eines hätte, wo sollte der Fahrer sie hinbringen? Zum pakistanischen Gemüsehändler in der Jackson Avenue, zu den Haushaltswarenhandlungen in der Nähe des East River?

Eine Touristengruppe kommt mir entgegen. Alle tragen Jeans, Turnschuhe und Windjacken mit dem Logo des Reiseveranstalters. Ich stelle mir vor, welche von ihnen miteinander verheiratet sind. Es gelingt mir nicht. Sie sehen sich so ähnlich, dass ich mich frage, ob die Frauen manchmal ihre Ehemänner verwechseln und sich bei dem falschen einhaken. Wann würden sie ihren Irrtum bemerken: Wenn der Mann mit einer unbekannten Stimme spricht, oder erst, wenn sie mit ihm im Hotelbett liegen?

Ein Heiratsantrag vom richtigen Mann ist der Traum einer jeder Frau. Das behaupte nicht ich, das hat Connie mal gesagt. Bevor ihr Leben sich in den Alptraum verwandelte, aus dem sie jetzt nicht mehr aufwacht. Und den sie sich immer schöner reden wird, je länger er dauert. Ich weiß, dass Leroy mir böse ist, weil ich gestern nicht sofort Ja gesagt habe. Böse, weil ich ihn um Bedenkzeit gebeten habe. Dabei ahnt er genau wie ich, dass die Bedenkzeit nur ein Aufschub ist.

Er hat sich selbst in eine Lage gebracht, in der es nur noch schwarz oder weiß gibt. Wenn ich Nein sage, muss er Konsequenzen ziehen. Sein Stolz verbietet ihm mit mir zusammen zu bleiben, wenn ich sein Angebot ausschlage. Und davor habe ich Angst. Vor allem habe ich Angst davor, ihn nie wieder hinter der Bühne der *Poets' Bar* zu küssen. Davor, dass sein Körper wieder fremdes Territorium wird, in dem ich keine Aufenthaltsberechtigung habe. Aber wenn ich Ja sage, was dann? Werde ich dann nie wieder eine E-Mail schreiben können, ohne dass mir einer über die Schulter schaut? Und was hat er noch für Vorstellungen von einer Ehefrau, wenn er mich jetzt schon manchmal behandelt wie eine Untergebene? Glaubt er, ich würde seine T-Shirts bügeln?

Wenn wir nur Zeit hätten. Es geht alles zu schnell, das ist, wie wenn jemand gerade einen Samen gepflanzt hat und jeden Tag ungeduldig die Erde umgräbt und schaut, ob er schon dabei ist, sich in einen Mammutbaum zu verwandeln, zwischen dessen Ästen er eine Hängematte aufspannen kann.

Der Kragen meines T-Shirts riecht nach ihm. Vor ein paar Tages hatte er es angezogen, tanzte damit im Zimmer herum.

»Das ist meins, gib's mir wieder!«

»Dann hol es dir doch!«

Wir könnten es so schön miteinander haben.

Im Schaufenster eines Juweliers liegen goldene Ringe auf einem Samtkissen. Ich bleibe stehen und sehe sie mir an. Fest geschlossene Kreise. Funkelnde Fesseln.

Aber vielleicht, denke ich im Weitergehen, bin ich nur zu zögerlich und verpasse dabei das Beste. Vielleicht bin *ich* es, die den gleichen Fehler wie Bob macht und die Chance ihres Lebens nicht erkennt. Vielleicht ist Leroy genau der richtige Mann für mich.

Ich habe mich noch nie gefragt, wie einer sein müsste, damit ich mein Leben mit ihm verbringen will. Ich habe den Liedern nie geglaubt, in denen jemand *I love you forever* verspricht. Heiraten, das war für mich bisher eine sichere, aber vage Vorstellung in ferner Zukunft. So selbstverständlich wie die Tatsache, dass ich irgendwann graue Haare und einen Hängebusen bekommen werde. Ich dachte, ein Ehemann, der wird sich schon ergeben, wenn die Zeit reif dafür ist.

Aber wenn ich in zehn Jahren darauf komme, dass es Leroy gewesen wäre, ist es zu spät. Bis dahin wohne ich möglicherweise allein in einem Siebziger-Jahre-Apartment mit Holzfurnier-Küche. Gehe morgens um acht aus dem Haus und sitze jeden Tag bis fünf in einem langweiligen Büro. Leroy hat bis dahin den Pulitzerpreis für seine Gedichte bekommen und lebt mit seiner Frau in einem Loft über einer Galerie in Soho. Sie hat als Schauspielerin am Broadway Erfolg und bringt ihren milchschokoladenfarbenen Kindern das Laufen bei. Ab und zu sehe ich die beiden in Talkshows.

Gedankenverloren bin ich einer zweiten Touristengruppe gefolgt. Diese sehen asiatisch aus und tragen alle die gleichen grünen Halstücher. So stehe ich plötzlich in der Lobby des *Empire State Building*. Zwei schnauzbärtige Männer in blauer Uniform wienern den Marmorboden. Kaum sind sie mit einer Reihe Fliesen fertig, hinterlassen neue Fußsohlen Abdrücke darauf. Schilder auf der Wand weisen in Richtung des Aufzuges. *Platform closes at 8 p.m.* Wenn ich mich beeile, kann ich den letzten Lift schaffen. Vielleicht bekomme ich dort oben wieder den Überblick.

New York aus der Höhe ähnelt mehr denn je einem menschlichen Wesen. Ein Strom von Taxis pulsiert durch die Straßen wie gelbes Blut. Aus den Gullys auf der 5th Avenue steigen Schwaden heißer Luft auf, so hoch, dass man sie selbst von hier oben erkennen kann. Sie sehen aus wie Atemwölkchen.

Mehr und mehr Lichter gehen in den Häusern an, während über dem Hudson River ein paar letzte rötliche Strahlen zwischen den Wolken hindurchscheinen. Im Norden Manhattans gähnt der Central Park als dunkler Fleck. Nur in seiner Mitte leuchtet ein einzelnes Licht. Es muss das *Tea House* sein, wo Leroy und ich uns gestern Nachmittag verabredet haben. Am See, in den Anne vor 20 Jahren gesprungen ist. Ob sie heute zu ihm gefahren ist?

Ich bin fast allein hier oben. Nur zwei Männer im Anzug stehen ein paar Meter von mir entfernt. Der eine erzählt etwas und gestikuliert dabei. Doch es ist zu windig, um etwas zu verstehen. Ein hohes Gitter ist rund um die Plattform gespannt. Luft pfeift durch die Maschen.

In eine Metallstrebe hat jemand ein Herz eingeritzt. *A & V forever. April 18th, 1997.* Die Schrift wird in 20 Jahren noch dort stehen, wenn das Geländer nicht bis dahin neu lackiert ist. Dann wird sich A. kaum noch an V. erinnern, höchstens bei einem Umzug ein verknittertes Passfoto von ihr in einer Schublade finden. Und V. wird irgendwann ihrer Tochter von A. erzählen. *Mummy, hast du einen anderen Boyfriend gehabt, ehe du Daddy kennen gelernt hast?*

Wenn jetzt ein Licht ausginge, hinter einem der Tausenden von Fenstern in New York, von hier aus würde es niemand bemerken. Wenn sich die Erde auftun würde und eines der gelben Taxis verschluckte, es würde nicht weiter auffallen. Wenn einer der Jogger im Riverside Park sich in Luft auflösen würde, keiner könnte es von hier aus sehen. Und auch der Name eines 16-Jährigen, der vor seinem Haus von Polizisten erschossen wird, bleibt nicht länger als zwei Tage in den Schlagzeilen, bevor die Welt ihn vergisst. Ich bin genauso klein und unwichtig, denke ich plötzlich, was bilde ich mir denn ein auf mein kleines, unwichtiges Leben?

»Miss!«, ruft ein Wächter in Uniform und winkt mit einem Schlüsselbund aus der halb geöffneten Tür. *»Closing time!«* Ich drehe mich um. Die beiden Männer im Anzug sind verschwunden. Über meine Schulter werfe ich einen letzten Blick auf die Stadt unter mir. Ich bin klein und unwichtig, denke ich, und gleichzeitig auch wichtig. Denn da, wo ich gerade stehe, an dieser Stelle des staubigen Betonbodens, kann kein anderer zur gleichen Zeit stehen. Keiner kann durch meine Augen schauen. Keiner kann die Welt so sehen wie ich.

Ich folge dem Wärter in den Lift. Die Tür schließt sich mit einem hellen Glockenton. Ich blicke mir entgegen. Schaue mich an aus drei Wandspiegeln, die von oben mit Neonröhren beleuchtet werden. Meine neugierige Nase, meine zurückgezogenen Augen. »Hallo«, sage ich zu meinem Bild. »Hallo«, formen meine Lippen im Spiegel. Ich lächle. Der Spiegel lächelt zurück. Es kommt mir vor, als würde die Frau darin noch etwas sagen.

Du bist der einzige Mensch, auf den du wirklich angewiesen bist. Du kannst dich niemals verlieren. Mach was draus.

Als ich die U-Bahn-Treppe an der 2nd Avenue wieder hochsteige, kommt mir das Licht draußen unnatürlich hell vor. So gleißend ist keine Straßenlaterne. Aber die Sicht wird von einer Menschenmenge versperrt. Sie stehen bis zur vierten Stufe herunter und verrenken sich die Hälse. Ich versuche mich durchzudrängen, ignoriere böse Blicke. Auf der letzten Stufe hält mich ein schwarz gekleideter Mann mit Pferdeschwanz und Walkie-Talkie zurück. »Du kannst hier nicht durch, es wird gerade gedreht!«

Das ganze untere Stück der 2nd Avenue ist von Straßensperren abgeriegelt. Gerade bewegen sich zwei Wagen in Schrittgeschwindigkeit in Richtung Houston Street. Das Kamerateam sitzt auf dem vorderen und filmt ein Paar in einem Cabrio. Der Mann hinter dem Lenkrad (ist es Christian Bale? Joaquin Phoenix?) steuert das Auto nicht selbst. Es steht auf einem fahrbaren Untersatz, umstellt von gleißenden Scheinwerfern. Sieht so aus, als würde es vom Kamerawagen gezogen. Scheinbar hat sich das Paar im Auto gerade gestritten. Er schaut starr geradeaus, sie hat den Ellenbogen im offenen Fenster abgestützt und sieht traurig durch die Menge der Zuschauer hindurch, die ihr vom Bürgersteig aus zuwinken, versuchen ihren Blick zu erhaschen.

Ich kenne sie aus dem Kino. Sie ist wunderschön. Sie ist ein Star. Ihr zuliebe werden in New York Straßen gesperrt.

Nein, ich bin nicht abergläubisch.

Ich gehe die Treppe wieder herunter in den U-Bahn-Schacht, einen langen Gang hindurch, nehme den anderen Ausgang und schlage dann einen weiten Bogen, bis ich auf Höhe der 6th Street wieder in Richtung Osten weitergehen kann. In der Avenue A komme ich an einer Bar vorbei. Musik und Stimmen dringen durch den Windfang. Mittlerweile ist es elf und ich kann noch einen Drink gebrauchen, bevor ich es ihm sage. Ich schiebe den Samtvorhang zur Seite und betrete das Lokal.

Der Raum ist dunkel und schlauchartig, hinten steht eine Holzbühne mit einem ausgetretenen Perserteppich darauf. Eine Band spielt. Der Saxophonist hat sein Hemd fast bis zum Nabel aufgeknöpft und beugt sich weit zurück, wenn er in sein Instrument bläst. Der Schlagzeuger ist in ein langes Gewand mit afrikanischen Mustern gehüllt, das seine Beine bis zu den Knöcheln und seine Finger bis zu den rosigen Nägeln bedeckt.

Vor der Bar drängen sich die Menschen, aber die Tanzfläche ist leer bis auf eine Frau. Sie hat ihre dunklen, von grauen Fäden durchzogenen Haare hochgesteckt und trägt ein ärmelloses Kleid, aber keine Schuhe. Sie tanzt barfuß, windet sich im Rhythmus der Musik, ist von den Zehen bis zu den Fingerspitzen, von den Hüften bis zum Haaransatz in Bewegung. Keiner beachtet sie. Das scheint sie nicht zu stören, im Gegenteil. Sie sieht nicht aus, als wollte sie jemand beeindrucken oder einen Mann auf sich aufmerksam machen. Sie tanzt, als könnte sie sich damit selbst glücklich machen.

»Ein kleines Bier, bitte!«, sage ich zum Barkeeper. Er hält seine Hand wie einen Trichter an sein Ohr, zum Zeichen, dass er mich nicht verstanden hat.

»Ein kleines Bier!«, sage ich noch lauter.

Er blickt mich an und zieht die Augenbrauen hoch.

»Corona!«, rufe ich. Er zuckt mit den Achseln, öffnet die durchsichtige Bierflasche, schneidet eine Limonenhälfte mit einem langen Messer in drei Schlitze und steckt einen davon in den Flaschenhals. Ich schiebe ihm einen Zehn-Dollar-Schein über den Tresen.

Jemand tippt mir auf die Schulter. »Ganz allein hier? Darf ich dich einladen?«

Der Typ sieht nicht schlecht aus. Schräg stehende Augen, kinnlange Haare, die so dunkel sind, dass sie bläulich glänzen. Ich lächle ihn an. Er lächelt zurück. Ich drücke den Limonenschlitz ganz in die Flasche, setze sie an und nehme einen Schluck. Der saure Saft vermischt sich mit Bier. Meine Mundschleimhaut zieht sich zusammen.

Ich stelle die Flasche auf den Tresen zurück. Eine weiße Schicht Schaum hat sich darin gebildet. An ihrer Oberfläche zerplatzen ein paar Bläschen. Dann sehe ich den Mann noch einmal an und schüttle dabei langsam den Kopf.

»Nein danke. Ich komme ganz gut allein zurecht.«

Hinter der Wohnungstür ist es still. Ein Lichtschein dringt durch den Türspalt, ein Flackern wie von Kerzen. Mein Zeigefinger ist auf halbem Weg zur Klingel eingefroren. Ich stehe regungslos, atme, ohne dass mein Bauch sich hebt und senkt. Als ich die Bar verließ, fühlte ich mich gut gerüstet.

Ich habe die Szene in unzähligen Filmen gesehen: eine Frau, die ihren Koffer packt und verschwindet, ohne den Mann noch eines Wortes zu würdigen, ohne sich umzusehen. Außerdem trenne ich mich zum zweiten Mal innerhalb von zwei Wochen. Fast habe ich schon Routine damit. Trotzdem stehe ich jetzt im dunklen Treppenhaus zwischen dem Türknopf und einem stinkenden blauen Mülleimer und schlagartig ist nichts mehr so einfach.

Erstens: Frauen in Filmen haben einen guten Grund, ihren Mann zu verlassen. Weil er mit einer anderen Frau geschlafen, das Geld für Drogen ausgegeben oder sie geschlagen hat. Ich verlasse Leroy, weil er mich heiraten möchte. Weil er will, dass ich bei ihm bleibe. Ich bin ein selbstsüchtiges Biest. Mit Julia Roberts oder Meg Ryan könnte man meine Rolle nicht besetzen.

Zweitens: Frauen in Filmen brechen zwar in eine unbekannte Zukunft auf. Aber entweder sie haben dabei einen Haufen Geld und lassen sich mit dem Taxi in ein Hotel fahren, wo sie die Suite mieten und erst mal in der Marmorwanne ein Schaumbad nehmen. Oder sie landen bei ihren Eltern oder ihrer besten Freundin. Wenn ich meinen Koffer in einer halben Stunde zwei Stockwerke herunterwuchte, habe ich noch drei Nächte vor mir, in denen ich niemanden habe, zu dem ich gehen kann.

Nicht einmal Jürgen kann ich anrufen. Das heißt: Anrufen schon, aber ich erreiche ihn nicht mehr. In den letzten Tagen habe ich es ein paar Mal versucht, aber jedes Mal springt sein Tonband an. Ich denke mir aus, wie er mit Christoph unter einer ausgeblichenen bunten Bettdecke liegt, behaarte Zehen auf einem Spannbettlaken ineinander verhakt. Was unter der Bettdecke passiert, kann ich mir nicht vorstellen. Will ich mir auch nicht vorstellen.

Ich lasse meine Hand sinken und lehne mich an die Wand. Auch das machen Filmheldinnen gerne: die Schultern nach hinten ziehen, das Kinn anheben und durch den geöffneten Mund atmen um ihre Gedanken zu ordnen.

Allerdings lehnen sie sich wahrscheinlich nicht mit ihrem ganzen Körpergewicht gegen die Türklingel. Der schrille Ton reißt mich aus meinen Gedanken. Fast erwarte ich, dass gleich alle Türen aufgerissen werden und alte Frauen mit geblümten Morgenmänteln vor mir stehen. Aber natürlich geht nur eine einzige Tür auf. Leroys Wohnungstür.

Amy streckt ihre Stupsnase in den Gang und nickt mir kurz zu. Dann lässt sie mich stehen und schlurft wieder in Richtung ihres Zimmers. Auf dem Sofatisch im Korridor brennen zwei rote Kerzen, die in den Hälsen leerer Weinflaschen stecken. Eine Frau sitzt mit angezogenen Beinen auf dem Sofa. Ihr lang gezogener Schatten tanzt auf dem staubigen Fußboden.

Es ist Anne.

Blonde Strähnen haben sich aus ihrer Haartracht gelöst und ringeln sich um ihr Kinn. Sie hat ihren rechten Ellenbogen auf die Lehne gestützt, den Kopf in die Armbeuge gelegt. Sie sieht aus wie ein kleines Mädchen, das einer spannenden Geschichte lauscht. Ihr gegenüber auf dem anderen Sofa sitzt Bob, raumgreifend und breitbeinig. Beide wenden mir die Gesichter zu und sehen mich erwartungsvoll an.

Ich mache ein paar Schritte in Richtung Sofa. Rechts und links der Flaschen mit den brennenden Kerzen stehen zwei Keramikbecher mit Resten einer dunklen Flüssigkeit, wahrscheinlich Tee. Dazwischen ein aufgerissenes Tetrapak Milch. Ich gehe noch einen Schritt näher. *Fat free, low Cholesterol, Vitamine D added. Exp. Date.* Monat und Jahr hinter dem Verfallsdatum sind unleserlich.

»Leroy hat auf dich gewartet. Er macht sich Sorgen«, sagt Bob.

Anne sieht mich an und sagt nichts. Sie lächelt, ganz leicht, ohne die Lippen zu öffnen. Und wie sie mich so ansieht, erinnert sie mich zum zweiten Mal an die Frau, von der mein Vater gesprochen hat. Die Frau auf dem Foto. Zwar hängt die Haut an ihrem Kinn ein bisschen und ihre Oberlippe hat Falten. Aber ihre

Augen sind wach, ihr Körper biegsam. Und an ihrer Schläfe schimmert noch immer eine bläuliche Ader, die sie zerbrechlich aussehen lässt wie die letzte Prinzessin eines untergehenden Adelsgeschlechts.

»*Are you okay, Jenny?*«, fragt sie.

»*Not yet*«, sage ich, ehe ich den Türknauf von Leroys Zimmer in die Hand nehme. Das durchsichtige Plastik ist kalt und glatt in meinen Fingern.

Er kauert auf dem Futon, zusammengekrümmt wie ein Embryo. Kaum vorstellbar, dass dieses zusammengerollte Bündel in ausgestrecktem Zustand zwei Meter lang ist. Im Licht der Nachttischlampe kann ich undeutlich einen Rotweinfleck auf dem Leintuch ausmachen. Wir haben ihn gemeinsam gemacht, letzte Woche noch, jetzt sieht er aus wie getrocknetes Blut. Waschen wird Leroy das Leintuch allein. Er wird eine Maschine mit Vierteldollars füttern und mich bei jedem Geldstück verfluchen, das durch den Metallschlitz fällt.

Er braucht einen Moment um sich aufzurichten. Erst schüttelt er seinen Kopf wie ein nasser Hund, dann streckt er seine Beine aus, verschränkt Fußknöchel und Arme. So mustert er mich aus sicherer Entfernung.

Unsere Blicke treffen sich. Er fragt nicht und ich antworte nicht. Ich weiß, dass er weiß: Wäre meine Antwort Ja, dann würde ich mich mit meinem gewinnendsten Lächeln vor ihn knien, den Kopf schief halten, ihm meine geöffneten Handflächen hinstrecken. Ich zwinge mich stehen zu bleiben. Zu gerne würde ich mit meinen Daumen über sein knochiges Kinn streichen, meinen Kopf auf seinen weichen Bauch legen, durch den Baumwollstoff hindurch feine Härchen an meiner Wange spüren.

Es wäre nicht fair.

Ich ziehe meinen Koffer hinter Leroys Schreibtisch hervor.

»Ich hätte es wissen sollen«, zischt er.

»Dass ich dich nicht heiraten will? Ich meine, wenigstens nicht jetzt?«

»Nein. Ja. Das auch.«

»Was meinst du dann?«

»Dass ich dir überhaupt nicht wichtig war. Du hast mich nicht mal nach meinen Eltern gefragt. Wo ich herkomme. Wie meine Familie ist.«

»Eltern?« Ich sehe ihn über den geöffneten Koffer hinweg an und weiß nicht, was ich sagen soll. Ich kann mir nicht vorstellen, dass einer der Jungen in meinem Freundeskreis sonderlich erpicht auf eine solche Frage wäre. Außer einem *Sind schon ganz okay, die Alten* wäre nicht viel zu holen. In dem Moment wird mir klar, dass ich Leroy noch viel weniger verstehe, als ich geglaubt habe. Unsere Körper können sich akzentfrei verständigen. Aber das ist nicht genug.

Ich öffne den Schrank, werfe ein Kleid und zwei Jeans in den Koffer. An die Seiten stopfe ich die *Banana Republic*-Einkaufstüte mit der schmutzigen Wäsche, meine Schminktasche, Duschgel und Zahnbürste. Die Plastikflasche mit dem Aspirin. Erst beim Packen fällt mir auf, dass ich mich in Leroys Zimmer nicht wirklich ausgebreitet habe. Es dauert nicht länger als fünf Minuten, meine Sachen zusammenzusuchen. Ich steige aus seinem Leben aus ohne Spuren zu hinterlassen. Außer ein paar Haaren auf seinem Kissen. Und einem angebrochenen *Snapple* mit Kiwigeschmack im Kühlschrank.

»Du hast dich wirklich entschieden?«, sagt er, als ich die zwei Schnallen um meinen Koffer festzurre und aufstehe. Seine Wut ist so plötzlich verraucht, wie sie entflammt ist.

»Es geht nicht. Es ist zu früh. Ich bin zu jung. Ich muss meinen eigenen Weg gehen.«

Ich fühle mich wie eine Figur in einer Vorabendserie, die schielend einen Dialog von einem Teleprompter abliest.

»Versteh doch«, fange ich noch mal an, »ich möchte mir mein eigenes Leben einrichten. Nicht nur wie ein Möbelstück im Leben eines anderen herumstehen.«

Leroy schweigt. Ein Wecker tickt. Eine Sirene heult.

»Ich würde dich trotzdem gerne wiedersehen«, setze ich krächzend nach, »ich will eigentlich nicht, dass es vorbeigeht. Nicht so.«

Er sieht mich an. Sein Gesicht ist ausdruckslos.

»Wann fliegst du nach Hause?«

Ich bin erstaunt, dass er es so formuliert. Dass er nicht sagt: *nach Deutschland*. Oder: *zu deinen Eltern*.

»Am siebten Juli. Morgens um zehn.«

Er nickt langsam.

»Okay. Dann ist das wohl so.«

Ich kann ihm nur noch einen Gefallen tun. Schnell verschwinden. Seine Mundwinkel zucken, als könnte er jeden Augenblick zu weinen beginnen. Er würde es mir nie verzeihen, wenn ich ihn so sehen könnte. Und sich selbst erst recht nicht.

Ich ziehe die Tür zu und meinen Koffer hinter mir her, bleibe vor Anne und Bob stehen und setze mich dann auf die Sofalehne. Ich brauche eine Atempause, bevor ich gehe. Wohin auch immer. Vor vier Wochen habe ich mich noch nicht getraut alleine in einen Coffee Shop zu gehen. Sieht so aus, als müsste ich heute Nacht alleine mit dem Koffer durch New York irren und ein Hotelzimmer suchen. Und den Portier überreden, dass er meinem Vater die Rechnung schickt. Ich habe noch genau 172 Dollar übrig.

Die beiden haben ihre Hände auf dem Tisch ineinander gelegt. Als ich mich setze, zieht Anne ihre zurück und streicht ihr Kleid glatt. Ich habe es noch nie an ihr gesehen. Es ist nachtblau, knöchellang und glitzert im Kerzenschein. Bob blickt sie an, danach mustert er seine Finger, als hätte sich gerade ein kleiner Vogel darauf gesetzt und wäre sofort weitergeflogen.

»Ich nehme an, du möchtest nicht länger hier bleiben?«, fragt sie.

Ich schüttele den Kopf.

»Und wo willst du jetzt hin?«

»Nach Hause«, presse ich heraus. In meiner Kehle sitzt etwas, das sich anfühlt wie ein kalter Doppel-Cheeseburger mit einer Extra-Portion Pommes.

Anne steht auf und legt mir eine Hand auf die Schulter. Durch mein T-Shirt hindurch fühlen sich ihre Finger kühl an.

»Sieht so aus, als hätte ich wieder einen Gast.«

»Ich war noch nicht fertig!«, protestiert Bob, »Du kannst jetzt nicht einfach gehen!«

Anne schaut ihn an und schüttelt den Kopf. Die losen Strähnen tanzen um ihr Kinn. »Wenn du willst, kannst du dein Zimmer noch mal haben«, sagt sie zu mir. »Wo solltest du jetzt schon hin, allein, um diese Zeit.«

Ich nicke stumm.

»Hey«, protestiert Bob, »und was ist mit mir? Du kannst doch nicht einfach Jenny schnappen und abhauen?«

Sie steht auf, geht einen Schritt auf Bob zu und legt ihre rechte Hand an seine Schläfe, als würde sie ihn segnen.

»Du und ich, wir haben über 20 Jahre gewartet. Manchmal ich auf dich. Manchmal du auf mich. Manchmal nur darauf, dass irgendwas passiert. Warum sollten wir es jetzt überstürzen?«

Als Anne nach mir aus der Wohnungstür tritt und der Riegel im Schloss einrastet, ist von draußen ein Geräusch wie von einer Explosion zu hören. Dann spiegelt sich Feuerschein im Glas des Korridorfensters.

»Die können es auch nicht abwarten«, sagt Anne kopfschüttelnd.

»Was war denn das?«

»Eine Rakete. Es muss kurz nach Mitternacht sein.«

»Ja, und?«

Anne fasst nach meinem Koffer. Unsere Finger treffen sich, als wir gleichzeitig unsere Hände um den Ledergriff schließen und gemeinsam anheben.

»Heute ist Nationalfeiertag«, sagt sie. »*Independence Day.*«

16

Obwohl ich nur eine Woche nicht in Queens gewesen bin, kommt mir alles verändert vor. Meine Augen haben sich so an die Höhe Manhattans gewöhnt, dass die Häuser hier wirken wie Spielgzeugausgaben. Und als Anne ihre Küchenfenster zum Lüften hochschiebt, bevor sie einen Kessel Teewasser aufsetzt, bleibt es still. Keine Sirenen, keine Stimmen auf der Straße, nur ein fernes Motorengeräusch. Wie wird es mir erst gehen, wenn ich wieder in Deutschland bin? Ich schätze, Freiburg wird mir vorkommen wie ein weltabgeschiedenes Bergdorf.

Es ist mitten in der Nacht, aber wir sitzen noch immer in ihrer Küche und reden. »Eigentlich müsste ich wütend sein, dass du in meinen Sachen herumgeschnüffelt hast«, sagt sie.

»Ich habe das Foto nicht gesucht. Ich wollte ins Bad und bin im falschen Zimmer gelandet. Bitte, Anne, glaub mir.« Jetzt bin ich froh, dass es im Englischen keinen Unterschied zwischen Du und Sie gibt. So ist es keine große Sache, sie nicht mehr Mrs Koslowsky zu nennen.

Sie streicht sich eine Haarsträhne hinter das Ohr. »Ist nicht so wichtig. Ich bin froh, dass mich Bob auf diese Weise wieder gefunden hat. Obwohl« – sie wickelt sich die Strähne um den Finger wie einen Ring – »so ganz sicher bin ich mir noch nicht. Dass es richtig war, meine ich.«

»Hätte ich ihm denn nicht sagen sollen, wo er dich finden kann?«

»Das meine ich nicht. Aber vielleicht ist es zu spät. Vielleicht sind wir zu alt. Und die Gefühle sind nur noch nostalgisch. So wie man ein altes Kleid noch gern hat, das man mit 20 getragen hat, aber jetzt nicht mehr anziehen würde.«

»Und wenn es doch noch passt?«

Sie zuckt mit den Schultern. »Ich sage nicht Nein. Bob war meine große Liebe. Die einzige. Trotz allem, was er mir angetan hat. Und er hat mich auch nicht vergessen. Wie auch«, ihr Lachen klingt rau, »schließlich muss er auf Schritt und Tritt an mich denken.«

»Dafür könnte er dich hassen«, sage ich und fahre mit dem Fingernagel einen Ring auf der Tischplatte entlang, den eine zu heiße Tasse hinterlassen hat.

»Tut er aber nicht.«

»Nein. Tut er nicht.«

Wir schweigen. In die Stille hinein explodiert wieder eine Rakete.

»So wie wir früher, als Kinder«, sagt Anne. »Am Vorabend das ganze Pulver verschießen und am Feiertag selbst steht man dann mit leeren Händen da.«

»Was war mit deinem Mann«, frage ich weiter, »hast du ihn nur geheiratet, um nicht allein zu sein?«

Sie fixiert das Hochzeitsbild an der Wand über mir. Den wehenden Brautschleier, den Mann neben ihr, der versucht seine Glatze zu verstecken. Dann schüttelt sie langsam den Kopf.

»Ich hätte keinen Ersatz für Bob ertragen. Deshalb war Dan richtig für mich, er war ganz anders. Freundlich und überhaupt nicht leidenschaftlich. Mein Leben fühlt sich nicht viel anders an, seitdem er tot ist. Obwohl es mir manchmal fehlt, wie er mich anschaut. Schon morgens beim Aufwachen.«

Sie schließt ihre Finger um ihren Keramikbecher. Ein Teebeutel dümpelt an der Oberfläche. Sie hat noch keinen Schluck getrunken. Jetzt ist das Getränk sicher nur noch lauwarm.

»Vielleicht, wenn wir Kinder gehabt hätten«, fährt sie nachdenklich fort, »dann wären wir uns näher gekommen. Dafür hat Dan mir das Restaurant hinterlassen. Das ist jetzt mein Baby und es entwickelt sich prächtig. Ich weiß, es ist kein Gourmetrestaurant, das von Testern der *New York Times* besucht wird. Aber es macht mich unabhängig.«

»Warum hattet ihr keine Kinder?«

»Möglicherweise war er unfruchtbar. Vielleicht lag es auch an mir. Wir haben uns nie untersuchen lassen. Und ehrlich gesagt haben wir der Natur auch nicht so viel Gelegenheit gegeben. Eigentlich haben mir Babys immer ein bisschen Angst gemacht. Ihre unbedingte Liebe, ihre ständige Wichtigkeit, das wäre mir zu viel geworden. Sie machen einen so unfrei.«

»Merkwürdig, dass du dann mich so behandelt hast. Ich meine, als wäre ich ein Kleinkind.«

Ich weiche ihrem Blick aus. Vielleicht bin ich zu weit gegangen. Sie schüttelt nur leicht den Kopf.

»Ich wollte dich beschützen. Vielleicht, weil du mich so sehr daran erinnert hast, wie ich selbst war in deinem Alter. So hungrig. So schnell. Ich hatte den Eindruck, du könntest in Schwierigkeiten geraten.«

»Dabei war es genau umgekehrt. Du hast dich in einen Weiberhelden verliebt, und ich musste vor Leroy weglaufen, weil er mich ganz für sich wollte.«

»Bob hat mir davon erzählt. Ich weiß nicht, was ich getan hätte, wenn du vorhin in die Wohnung zurückgekommen wärst und diesen Heiratsantrag angenommen hättest. Vielleicht hätte ich mich dann noch mal ganz schrecklich in dein Leben eingemischt.«

»Das hat auch mit Connie zu tun«, sage ich. »Sie war so in der Sackgasse, letzte Woche. Das hat mir nicht gerade Lust gemacht zu heiraten. Obwohl Leroy sicher ganz anders ist als Antonio.«

»Ach ja, Concepción.« Anne seufzt. »Oft habe ich mich über sie aufgeregt. Wenn ich ihre losen Haare im Frittierfett fand und wenn sie sich in der Küche geschminkt hat statt die Teller herzurichten. Aber als ich sie so gesehen habe, so entwürdigt, da hat sie mir richtig Leid getan.«

»Wann hast du sie zuletzt gesehen?«

»Gestern. Sie wollte wohl ihre Sachen abholen und ist vorher auf der Straße ihrer Freundin über den Weg gelaufen. So einer Kleinen, Pummeligen mit krausen Haaren.«

»María.«

»Ja, so heißt sie. Die beiden haben so laut gestritten, dass ich schon gedacht habe, ich müsste auf die Straße laufen und sie trennen. Ich hab's vom Fenster aus gesehen. Die Pakistanis vom Laden nebenan haben sich alle auf dem Gehsteig versammelt und zugehört.«

»María hat mit Connie gestritten? Die bewundert sie doch so!«

»Ich habe nicht alles mitbekommen. Aber Connie hat ihr vorgeworfen, dass sie eine Verräterin ist. Scheinbar hat María Connies Freund gesteckt, dass sie es mit der Treue nicht so genau nimmt. Und das hat den ganzen Familienkrach ausgelöst.«

Ich kann es mir lebhaft vorstellen. Marías kleines Hundegesicht, wie sie Antonio auf die Schulter tippt, während er gerade die Spitze seines Billard-Queues poliert, umgeben von seinen Kumpels. *Ich habe lange mit mir gekämpft, aber ich kann es nicht mehr verantworten. Ich muss dir etwas sagen, etwas über deine Verlobte.* Fünf männliche Augenpaare ruhen auf ihr. Auf diesen Augenblick hat sie schon lange gewartet.

»Dann braucht María bald eine neue Freundin, die sie anbeten kann«, sage ich. »Hat Connie ihre Sachen dann abgeholt?«

Anne zuckt mit den Schultern. »Nein, sie stehen immer noch hier.«

Wieder steigt eine Welle von Leroys Duft aus meinem T-Shirt auf. Ich muss ein paar Mal tief ein- und ausatmen. »Na ja, Trennungen scheinen ja gerade Saison zu haben«, presse ich zwischen den Zähnen hervor. Es klingt nicht lustig.

»Du wolltest nicht, dass es zu Ende geht mit Leroy und dir. Wenigstens nicht so, oder?«, fragt Anne.

»Und was ist mit dir und Bob?«, frage ich mühsam. Ich möchte nicht daran denken. Ich möchte nicht weinen.

»Wir haben so viel Zeit ohneeinander verbracht, dass wir jetzt keine Eile haben«, sagt sie.

»Ich glaube, er liebt dich noch immer«, sage ich, erleichtert, dass meine Unterlippe schon weniger zittert.

»Ja«, sagt Anne mit einem schiefen Lächeln. »Ja, er lebt mit der gleichen Leidenschaft wie früher. Er erinnert mich irgendwie an eine« sie macht eine kurze Pause – »eine New Yorker Hauswand. Jedes Jahr kommt eine neue Schicht Farbe drauf, ein neuer Werbespruch, eine neue Parole, aber die Ziegel darunter bleiben die gleichen. Er behauptet zwar, dass er seine Einstellung geändert hat. Aber wenn ich daran denke, wie er den jungen Frauen in seiner Wohnung hinterherschaut, dann bin ich ganz froh, dass er nicht mehr die gleichen Chancen hat wie vor 20 Jahren.«

»Das heißt, du kannst dir vorstellen wieder mit ihm zusammen zu sein? Oder nicht?«

Sie nickt so vorsichtig, als würde sie statt eines Kopfes eine kostbare Sammeltasse auf dem Hals balancieren.

»Genau so wie du mit deinem Leroy. Aber nicht zu seinen Bedingungen.«

»Meinst du denn, das geht?«

»Keiner sagt, dass die Geschichte zu Ende ist«, sagt Anne und legt den Kopf schräg. »Außerdem schreibt die nicht nur einer, die schreiben zwei. Und die Regeln machen auch beide.«

»Ich glaube, Leroy versteht nicht, dass ich ein eigenes Leben brauche. Wenn ich nichts habe, keine Aufgabe, die mir Spaß macht, dann denke ich die ganze Zeit über Gefühle nach. Das ist auf die Dauer anstrengend, oder?«

Anne grinst. »Das habe ich mir auch gedacht, als ich Bob wieder getroffen habe. Er hat nichts als Gelegenheitsjobs und die Vergangenheit. Ich habe zumindest meine Lieferanten, mit denen ich mich über welken Salat streiten kann.« Sie verschränkt die Hände hinter dem Kopf und sieht mich dann nachdenklich an. »Und du? Bist du denn weitergekommen mit deinen Berufsplänen? Dein Vater hat mir erzählt, du wolltest vielleicht Schauspielerin werden?«

»Ich habe Angst, es zu versuchen«, antworte ich. »Ich glaube, wenn mich keine Schauspielschule nimmt, dann hätte ich das Gefühl, ein Nichts zu sein. Wäre es dann nicht besser, gar nicht erst nach den Sternen zu greifen?«

Anne schüttelt energisch den Kopf. »Nein, Jenny. Bei mir ist das was anderes, ich kann so leben, weil ich fünfundzwanzig Jahre älter bin als du. Irgendwann verengt sich der Weg, den man gehen kann. Aber du hast nicht nur das Recht, du hast die verdammte Pflicht, große Träume zu haben. Ich würde sagen, wer nicht nach den Sternen greift, hat sie auch nicht verdient.«

Irgendwann werden sie Straßen für mich sperren, denke ich. Aber das sage ich lieber nicht laut.

17

Der Morgen ist so kühl und klar wie mein Kopf. Es ist sechs Uhr. In den Alleebäumen brüllen sich Vögel an. Eine Armee von Kleinwagen rollt über die Roosevelt Avenue auf dem Weg zur Arbeit. Ich sitze auf meinem Koffer und warte auf mein Taxi.

Im dritten Stock steht ein Fenster offen. Eine Jalousie bewegt sich im Wind. Dahinter schläft Anne. Ich nehme an, dass Bob bei ihr ist. Ich habe ihn heute Nacht nicht die Wohnung verlassen gehört.

Anne wollte mich unbedingt zum Flughafen fahren. Aber das wollte ich nicht. Als Bob gestern Abend vor der Wohnungstür stand, das Gesicht verborgen hinter einem Wald leuchtender Sonnenblumen, habe ich mir gedacht, dass sie ihn diesmal nicht spätabends nach Hause schicken wird. So wie in den zwei Nächten davor. Ich möchte ihren ersten gemeinsamen Morgen nach zwanzig Jahren nicht in Stücke reißen.

Anne blüht auf, wenn Bob in ihrer Nähe ist. Und umgekehrt. Wenn die beiden sich unterhalten, kann ich ihnen schwer folgen. Ich bin eine Fremde in ihrer Welt aus Anspielungen und alten Geschichten, Namen, deren bloße Erwähnung ausreicht, um einen von ihnen zum Lachen zu bringen. Es macht Spaß, die beiden miteinander zu sehen, es ist wie eine tote Sprache, die wieder zum Leben erweckt wird.

Aber wenn Bob sich verabschiedet, sind seine Schritte wie

Tropfen von Gift, die den vergangenen Abend ungenießbar machen. Er fährt nach Manhattan und geht in einer Wohnung ein und aus, die mir verschlossen bleibt. »Wie geht es Leroy? Spricht er über mich?«, habe ich gestern gefragt, als wir zu dritt in einer Pizzeria in der Nähe der Eisenbahnbrücke saßen. Das Schweigen war zäher als der Käse auf meinem Teigfladen. Danach konnte ich nichts mehr essen.

Ich dachte immer, Liebe ist genug. Aber so leicht ist es nicht. Leroys harte Rückenmuskeln unter meinen Fingern, seine Rotweinstimme, die Art, wie er auf der Bühne steht, das alles kann mir meinen eigenen Traum nicht ersetzen. Es ist einfach, wenn ich mir von ihm einen Platz in der Welt zuweisen lasse. Aber woher soll ich wissen, ob es meiner ist, wenn ich mich nicht selbst mal hier- und mal dorthin gestellt habe?

Etwas nähert sich von links und biegt mit quietschenden Reifen um die Ecke. Gummi reibt sich an der Bordsteinkante. Ich wage nicht meinen Kopf zu wenden. Einen Moment noch möchte ich mir ausmalen, wie es wäre, wenn das Geräusch des Fahrradreifens tatsächlich zu Leroy gehören würde. Wenn er jetzt vor mir stände, eine Hand auf dem Sattel gestützt, die andere am Griff seines Rucksacks. *Liberty License.*

Ich habe mich getäuscht.

Leroy trägt *keinen* Rucksack. Der Rinnstein ist so hoch, dass wir uns Auge in Auge gegenüberstehen.

»Hello, stranger«, presse ich schließlich heraus.

»Amy sagt, ich bin ein kompletter Idiot«, sagt Leroy düster, »ein richtiges Weichei.«

Meine Finger gehorchen mir nicht, wollen reflexartig dahin, wo sie sich auskennen: in seinen Nacken, um seinen Hals. Kaum schaffe ich es, sie zurückzupfeifen.

»Fragt sich, wer von uns beiden der Idiot ist.«

»Nein, das steht eindeutig fest. Amy sagt, wenn ich so wenig Stolz habe, dann spricht sie nicht mehr mit mir.«

»Weil du mich noch mal sehen wolltest, bevor ich fliege?«

Er nickt. Jetzt sind es meine Lippen, die mir nicht mehr gehorchen. 19 Jahre Frieden, und auf einmal machen sich meine Körperteile selbstständig. Ich frage mich, wo das hinführen soll. Ich gehe einen Schritt auf ihn zu, schließe die Augen, erwarte seinen Kuss.

Nichts passiert.

Ich blinzle, bin gerade so weit von seinem Gesicht entfernt, dass seine Augen nicht zu einem verschwimmen.

»Ich hab dich vermisst, du Idiot«, sage ich schließlich.

»Und ich dich erst, blöde Kuh.«

»Ich muss gleich los zum Flughafen.«

»Ich weiß.«

»Ich habe dauernd an dich gedacht.«

»Ich weiß.«

»Und jetzt haben wir keine Zeit mehr.«

»Wer weiß. Vielleicht doch. Wenn wir wollen.«

Er will noch etwas sagen, aber das dumpfe Geräusch einer zuschlagenden Autotür lässt uns herumfahren.

»Miss, Sie Taxi? Taxi zum Airport? Haben angerufen?« Der kleine pockennarbige Fahrer ergreift meinen Koffer und wuchtet ihn in den Wagen.

»Junger Mann kein Gepäck? Was mit Fahrrad?« Wir schütteln synchron die Köpfe.

»JFK Airport?«

»Nein, Newark.«

»Wann geht Flugzeug?«

Er reißt theatralisch die Augen auf, als ich ihm die Uhrzeit nenne. »Dann müssen machen Good-bye, schnell! Viel Verkehr.«

Ich laufe mechanisch auf die hintere Wagentür zu, ziehe an dem verchromten Griff, lasse mich in die Kunstlederpolster fallen, fixiere die Karte an der Lehne des Sitzes vor mir, auf der die Stadtbezirke New Yorks in verschiedenen Farben gekennzeichnet sind. Bronx. Brooklyn. Queens. Staten Island. Manhattan. Die ganze Zeit über warte ich darauf, dass etwas geschieht. Dass wie im Märchen eine gute Fee erscheint, die die Zeit einfriert, so dass Leroy und ich keine Entscheidungen treffen müssen. So dass ich nicht schon in ein paar Stunden über den Eisfeldern Grönlands schwebe.

Ich drehe mich um, sehe durch das Heckfenster, wie er da steht, eine Hand am Lenker. Er wischt sich mit dem Ärmel seines T-Shirts das Gesicht ab. Nass von Schweiß, von Tränen, ich weiß es nicht.

Nichts passiert. Nur das Taxi fährt los.

Leroy stößt sich an der Bordsteinkante ab und tritt in die Pedale. Seine Haare fliegen im Fahrtwind. Er verfolgt uns. Ich kann sehen, wie seine Lippen Worte formen, aber ich kann ihn nicht verstehen.

»Bitte, halten Sie an. Mein Freund will mir noch was sagen.«

»Aber Miss. Viel Verkehr, schlecht hier.«

»*Bitte*!«

Der Fahrer blinkt und bremst. Autos hupen. Er drückt den elektrischen Fensterheber. Die Trennwand zwischen Leroy und mir fährt nach unten. Sein verschwitztes Gesicht ist ganz nah.

»Ich wollte dir noch was geben!« In seiner Handfläche liegt ein länglicher, blaugrüner Gegenstand. Eine winzige Freiheitsstatue aus Stein.

»Seit Tagen habe ich versucht, ein Gedicht für dich zu schreiben, eins, das dir gerecht wird. Es war, als hätte ich plötzlich keine Worte mehr. Bis ich dann zufällig an einem Souvenirladen vorbeigekommen bin, wo die Lady hier in der Ablage stand. Ich bin fast erschrocken, weil ich dachte, das bist ja du.«

Unsere Finger berühren sich, als er sie mir in die Hand legt. Ich ziehe seinen Kopf zu mir heran.

»Miss! Viel spät!«, drängelt der Taxifahrer.

Unsere Lippen berühren sich so zart, als wären sie zerbrechlich, als könnten sie bei jeder harten Berührung kaputtgehen.

»See you«, sage ich.

»Ich glaube, das meinst du ernst.«

»Gib mir nur ein bisschen Zeit. Wenn du kannst.«

Er nickt. »Du kommst wieder?«

»So bald ich kann.«

Der Fahrer dreht sich um, trommelt auf dem Kunstlederbezug seiner Kopfstütze. »Miss, jetzt schnell zum *Airport*!«

»Ja, aber fahren Sie bitte auf dem Weg noch am Battery Park vorbei.«

»Ist aber ganz weit unten in Manhattan! Sonst ich fahre Queens, Midtown, dann New Jersey.«

»Ich weiß, es ist ein Umweg. Aber ein wichtiger!«

Der Kies knirscht unter meinen Füßen, als ich durch den *Battery Park* zur Kaimauer laufe. Zwei Penner schlafen im taufeuchten Gras, die Köpfe auf ihre Jacken gebettet. Der eine hält eine Plastiktüte mit seiner Habe im Arm. *I love New York* ist in großen schwarzen Buchstaben darauf gedruckt.

Die Fähren liegen am Hafen vertäut wie schlafende Meerestiere. Auf dem Geländer sitzen zwei Möwen. Als ich mich an die Brüstung lehne, fliegen sie mit wütendem Gezeter auf. Die Brandung rollt in gleichmäßigen Wellen an Land, als würde das Meer entspannt ein- und ausatmen. Von fern ertönt die Sirene der Staten Island Ferry, die Pendler nach Manhattan zur Arbeit bringt.

Die Freiheitsstatue trägt einen Schleier aus Morgennebel. Ihre Fackel ist im Dunst kaum zu erkennen. Es sieht aus, als winkte sie mir zum Abschied zu. Ich hebe meine Hand und winke zurück, bis ein Schmerz vom Zeigefinger bis zur Schulter meinen Arm durchzieht.

Deutschland ist so groß wie mein Daumen. Unter mir schlängelt sich ein Fluss, wird breiter, ergibt sich kampflos dem Meer. Vielleicht ist es Illinois, vielleicht Kanada, das wir da gerade überfliegen.

Time at destination 5 p.m. Jetzt werden die ersten Feierabendbiere im *Kastaniengarten* auf dem Schlossberg ausgeschenkt. Vielleicht ist mein Vater mit Kollegen dabei, hat sein kariertes Jackett neben sich auf die Bank gelegt und stopft seine Pfeife mit *Borkum Riff*-Tabak.

Am Flückiger See rollen Studenten ihre Isomatten zusammen, klemmen sie auf schwarz lackierten Fahrrädern fest und fahren zu einer Abendvorlesung in die Uni. Im Wintersemester werden sie einer älteren Frau mit einer Vorliebe für grellbunte Halstücher auf den Linoleumgängen begegnen. Meiner Mutter. Aber dann werde ich weit weg sein.

Ich brauche Glück. So richtig großes Glück. Vielleicht hilft es, dass ich am 7.7. in einer Maschine mit der Flugnummer 770 sitze. Vielleicht komme ich im Herbst zurück. Möglich, dass sich Europäer an der *Actors' Academy* bewerben können. Amy hat so was erzählt. Ich denke, meine Eltern würden mich unterstützen. Ein Zimmer in einer WG würde nicht die Welt kosten. Aber dieses Mal muss es Manhattan sein.

Der Oktober muss schön sein in New York. Nicht mehr so heiß wie jetzt. Ich würde gerne auf der Upper West Side wohnen. Dann kann ich mit Leroy lange Spaziergänge im Central Park

»Miss?«

Ich öffne die Augen. Die Stewardess hält zwei flache Aluminiumpäckchen in den Händen.

»Would you like chicken or pasta?«

»Thank you, but I'm not hungry.« Ich klappe das Tischchen vor mir auf, lege mein Notizbuch vor mich hin, blättere ein paar Seiten zurück, die ich frei gelassen habe, und schreibe mein Gedicht zu Ende.

Wenn du mich willst
trag Backstein und nichts drunter
dann schmücke dich mit Feuerleitern
blas mir heiße Atemluft
aus Hunderten von Gitterrachen ins Gesicht
du riechst nach Kaffee, Kohlenmonoxid,
nach Mensch und Müll und Muffins

Wenn du mich willst
dann weck mich morgens
mit zirpenden Zikaden aus dem Untergrund
dann weck mich nachmittags
mit schläfrig singenden Sirenen
dann weck mich mitten in der Nacht
mit Eisenstiefeln auf Beton

Wenn du mich willst
dann lass mich los und schenke mich dem Wind
und wenn ich leicht wie eine leere Plastiktüte
lautlos durch deinen leisen Himmel gleite
dann frag mich:
Would you like to dance?

machen. Das ist es doch, was Paare in New York normalerweise tun. Ich kenne keinen Film, in dem sie nicht wenigstens ein Mal durch raschelndes Laub schreiten und sich an den Händen halten.

Es gibt viel zu viel, das wir nicht voneinander wissen. Wir könnten die Stadt mit unseren Gefühlen möblieren, nachsehen, was wir auf unseren Dachböden finden. Vielleicht sind zerbrochene Gegenstände dabei, Scherben, die schneiden können, wenn man sie nicht mit Vorsicht anfasst. Aber das müssen Schatzsucher in Kauf nehmen. Nur eines möchte ich nicht: von ihm abhängig sein. Wie hat es Anne ausgedrückt? Ich soll meine eigenen Regeln für das Spiel aufstellen?

Ich freue mich auf Jürgen. Er wird heute Abend nach Frankfurt fahren und mich vom Flughafen abholen. »Soll ich so ’n Transporter mieten?«, hat er gestern am Telefon gefragt. »Oder gehen deine neuen Sachen aus New York noch bei mir ins Auto?« Er hat mir nicht geglaubt, dass mein Koffer leichter ist als auf dem Hinflug. Weil ich eine Menge bei Leroy liegen gelassen habe bei meinem überstürzten Aufbruch. Einen langen roten Rock zum Beispiel.

Es wird seltsam sein, Jürgen in der Ankunftshalle gegenüberzustehen. Vor vier Wochen waren wir noch ein Paar und jetzt werden wir uns umarmen wie Geschwister. Vielleicht fühlt es sich auch besser an als früher. Richtiger. »Wie geht es dir überhaupt?«, habe ich ihn noch gefragt, ehe er hastig den Hörer auflegen konnte.

»Na ja, es ist nicht so leicht, das alles. Meine Eltern, immer will ich es ihnen sagen, aber ich schaff es nicht. Ich hab geglaubt, jetzt wüsste ich, wer ich bin, aber ich erkenne mich kaum wieder.«

»Aber es muss doch auch ein gutes Gefühl für dich sein, oder?«

»Ja, doch. Ich schätze mal, so was wie Freiheit.«